DIX NOUVELLES.

III.

2239

Y² 55051

DIX NOUVELLES,

Par Madame Is. de Montolieu.

Pour servir de suite à ses *Douze Nouvelles*,
et à son Recueil de *Contes*.

TOME TROISIÈME.

A PARIS,

Chez J. J. Paschoud, Libraire, rue Mazarine
N.º 22.

ET A GENEVE,

Chez le même, Imprimeur-Libraire.

1815.

DIX NOUVELLES.

NEUVIEME NOUVELLE.

AMÉLIE ET JOSÉPHINE, OU LA SURPRISE.

NOUVELLE.

AMÉLIE, jeune, belle, noble, ayant le plus aimable caractère, une éducation soignée, de la fortune, avait bien des droits au bonheur; mais tant d'avantages réunis n'y conduisent pas toujours, et trop souvent même sont des écueils qui en éloignent. Amélie fut mariée à seize ans sans consulter son cœur, qui n'avait

Tome III.　　　　　　　　1

fait encore aucun choix, avec un homme dont le caractère n'avait rien de ce qu'il fallait pour l'attacher; c'était un de ces êtres insignifians, sans vices ni vertus, qu'il est aussi impossible d'aimer que de haïr, et qui la laissa dans une parfaite indifférence. Cet état eût été dangereux pour toute autre femme de cet âge, mais si Amélie n'aimait pas son mari, elle aimait la vertu et par goût et par principes; elle avait besoin de sa propre estime et de celle de ceux qui l'entouraient, et le devoir lui tint lieu d'amour pour la préserver. L'état de langueur où tomba le baron de Waldorf quelques années après leur mariage, y joignit encore une tendre pitié: elle le soigna comme s'il eût été l'époux de son choix, et l'aima réellement davantage; car un cœur généreux s'attache par ses bienfaits. Le baron écoutait et suivait tous les conseils des médecins, il y en eut qui lui ordonnèrent les bains de Carlsbad : il s'y rendit avec Amélie, qui ne le quittait point; il en éprouva d'abord quelque soulagement, et il eut le plaisir d'y retrouver un ancien camarade d'université, le baron Edouard de Lindau, qu'il avait perdu de vue depuis bien des années. Tous les deux s'était mariés, mais Edouard n'avait pas été aussi heureux que son ami, et cependant l'amour seul avait décidé son choix et formé son union avec une jeune fille d'une naissance très-inférieure à la sienne. Joséphine Botler, fille d'un pasteur de village, lui avait tourné la tête par une figure enchanteresse ; libre de disposer de sa main, il avait surmonté tous les préjugés de son état pour la donner à celle qui possédait son cœur, et sa récompense avait été l'infidélité la plus odieuse par ses circonstances. Il existait une intrigue criminelle entre Josephine et le chasseur du baron, qui s'était formée déjà avant son mariage, et qui avait continué depuis dans le plus grand mystère ; il l'avait découverte, et convaincu par ses propres yeux de cette indignité, il fut sur le point d'immoler sa perfide épouse à sa rage, mais l'excès de son mépris la sauva ; il n'avait pas d'enfans, il se contenta de la renvoyer à son père, et depuis lors il plaidait avec elle pour obtenir un divorce auquel elle se refusait avec opiniâtreté, préférant sans doute le titre de baronne de Lindau à la liberté de s'unir avec un homme au-dessous d'elle, que la crainte avait fait disparaître et que son père ne lui aurait jamais permis d'épouser.

Telle était la situation du baron de Lindau, lorsque M. de Waldorf le trouva à Carlsbad, succombant sous le poids de son chagrin, sombre, misantrope, fuyant la société : il ne fut pas insensible cependant au plaisir de retrouver un ami ; mais M. de Waldorf occupé de ses maux, aussi languissant au physique que M. de Lindau au moral, n'était guère propre à le distraire de ses peines : il en confia le soin à Amélie, et lui demanda de recevoir son malheureux ami. Amélie y consentit : son cœur

sensible était ouvert à tous les malheureux, l'ami de son époux avait
plus de droits qu'un autre à sa compassion, et bientôt il en acquit de
réels à son amitié ; sa figure intéressante, sa douce tristesse commencè-
rent d'abord à l'attacher peu-à-peu.
Dans les divers entretiens qu'elle en-
tamait pour chercher à l'égayer, elle
découvrit un esprit très-agréable et
beaucoup d'instruction ; elle aurait
voulu pouvoir verser sur les plaies
de son cœur le baume de l'amitié,
mais le sujet de ses peines était trop
délicat pour qu'elle osât solliciter son
entière confiance. Elle savait qu'il
avait été trahi par son épouse, à qui
il avait donné les plus grandes preuves
d'attachement, et qu'il travaillait à
dissoudre leur lien ; mais elle igno-

rait les détails dont nous avons ins-
truit le lecteur, et ne les demanda
pas à son nouvel ami ; il lui disait seulement qu'il avait été le plus malheureux et le plus trompé des hommes :
elle voyait combien il souffrait encore, il n'en fallait pas davantage
pour l'intéresser. Dans les premiers
tems de leur connaissance, la société
d'Amélie, ses soins pour son époux
malade redoublaient la tristesse
d'Edouard plutôt que de la calmer ;
ce tableau du bonheur conjugal,
dont il avait espéré jouir et qui lui
avait été enlevé si indignement,
était pour lui un supplice. Ses amis
cherchaient à le consoler, à lui persuader que ce bonheur n'était pas
perdu pour lui sans retour, et que,
lorsque ses honteux liens seraient

brisés, il pourrait en former de nouveaux sous de plus heureux auspices ;
il secouait la tête, et leur disait :
trouvez-moi une autre Amélie. —
Viens passer l'hiver avec nous à
Berlin, lui répondait Waldorf, là
tu trouveras facilement à faire un
meilleur choix ; ton malheur vient
de t'être adressé à une jeune fille
sans éducation, sans principes, dont
les inclinations se ressentaient de la
bassesse de sa naissance ; ce n'est
qu'avec ses égales qu'on peut trouver
sûreté et bonheur. Nous nous con-
naissions à peine Mme de Waldorf et
moi, mais nos naissances, nos for-
tunes se convenaient, nos parens ar-
rangèrent notre union ; elle n'a pas
été malheureuse, si ce n'est du dé-
rangement de ma santé, qui se re-

mettra, j'espère : n'est-ce pas, Amélie,
vous avez été contente de votre sort,
quoique l'amour, peut-être n'y soit
jamais entré pour rien? Amélie soupira sans avoir la force de répondre;
jamais l'idée du contentement et celle
de son sort ne s'étaient réunies dans
sa pensée. Edouard soupira plus profondément encore, il avait connu
l'amour et le bonheur dans toute leur
plénitude, et il ne pouvait se représenter l'un sans l'autre; il ne comprenait pas que le possesseur d'Amélie
pût les séparer. Ces deux soupirs
furent comme un talisman qui attira
leurs deux cœurs l'un vers l'autre;
la tristesse de Lindau ne se dissipa
point, mais elle changea de nature :
il ne pouvait se passer de la société
d'Amélie, et bientôt il s'avoua à lui-

même que le sentiment le plus tendre
l'attachait à cette femme adorable,
mais ce ne fut *qu'à lui-même ;* il la
respectait trop pour prononcer avec
elle d'autre mot que celui d'amitié,
et encore il y associait toujours
Waldorf, et se permettait seulement
de répéter à l'un ou à l'autre, lorsqu'on lui parlait d'un nouveau choix :
Trouvez-moi une autre Amélie. Pour
celle-ci qui aimait pour la première fois
de sa vie, elle n'eut aucun soupçon de
la nature de son sentiment, elle se
disait bien qu'Edouard de Lindau était
l'homme le plus aimable qu'elle eût
rencontré ; elle sentait bien qu'elle
n'était heureuse qu'avec lui, mais elle
croyait seulement lui rendre justice et
le plaindre ; elle aimait et soignait son
mari, exactement comme elle l'avait

toujours aimé et soigné, ne trouvant aucune différence dans son cœur à cet égard ; elle fut tout-à-fait rassurée sur ce qui s'y passait d'ailleurs, et continua à voir son aimable ami sans crainte et sans défiance, et à l'aimer tous les jours un peu davantage.

On avait ordonné au baron de Waldorf l'exercice du cheval, et dans l'espoir de guérir il s'y livrait avec ardeur, et faisait tous les jours des promenades sur un cheval assez vif. Un jour son cheval s'emporta, le baron n'eut pas la force de rester en selle ; il tomba, rencontra une pierre, et reçut une blessure qui dans peu de jours mit fin à sa languissante vie. Amélie fut d'abord atterrée ; ce genre de mort avait en lui-même quelque chose d'effrayant

et de frappant qui devait l'émouvoir.
Dans les commencemens elle crut
de bonne foi avoir tendrement aimé
celui qu'elle pleurait sincèrement;
mais Lindau était à côté d'elle, pleurait avec elle, la consolait à son tour,
et bientôt elle sentit qu'il y parvien-
drait facilement. M. de Waldorf,
soigné par eux dans les derniers jours
de sa vie, avait paru désirer leur
union; sa tête n'était pas libre, et il
parlait avec difficulté, il ne put donc
que prononcer souvent leurs doux
noms, et serrer dans ses mains dé-
faillantes leurs deux mains réunies;
c'en fut assez pour donner à Edouard
l'espoir de pouvoir être son heureux
successeur, et à Amélie la douce
idée qu'elle pourrait une fois, sans
blesser la mémoire de son époux

défunt, s'unir à celui que son cœur
avait nommé. Il n'en fut cependant
point question encore, tous les deux
avaient trop de délicatesse pour ne pas
respecter les convenances; mais le
moment de la séparation arriva,
Lindau était rappelé chez lui par
son procès avec son indigne épouse,
qui se poursuivait vivement. Jusqu'a-
alors il l'avait suivi avec lenteur, plus
pour l'honneur de sa famille que pour
lui-même, il lui était assez égal d'être
libre; mais depuis qu'Amélie était
veuve, il persécutait son avocat de
presser le divorce, et au défaut du
consentement de Joséphine, qu'on
ne pouvait obtenir, de faire enfin
valoir les preuves qu'il avait en main,
et de faire entendre les témoins. Il
y avait toujours répugné, par un

reste d'égards pour celle qui avait porté
son nom, et dans l'espoir de la dé-
cider à des moyens plus doux; mais
son obstination se joignant à ses autres
torts avérés, il résolut de ne plus la
ménager, surtout à présent que le
bonheur de toute sa vie en dépendait, et d'obtenir, par la force de la
loi, une liberté qui ne pouvait lui
être refusée. Son avocat lui en donnait la certitude, et l'invitait à se
trouver à la première séance du tri-
bunal où cette affaire était portée,
sa présence et peut-être un serment
étant nécessaires pour la terminer.

Il vint chez Amélie pour prendre
congé d'elle, et pour lui parler de
ses futures espérances : elles seules,
lui dit-il, peuvent me donner la force
de m'éloigner de vous. Oh ! mon

amie ! je vous disais une fois, trouvez-moi une autre Amélie ; j'ose à
présent vous demander si je l'ai
trouvée. Amélie lui tendit la main
en rougissant, et lui dit avec la plus
noble franchise : Amélie, mon cher
Lindau, se trouvera heureuse de pouvoir un jour vous rendre le bonheur
dont vous êtes si digne, et vous rac-
commoder avec les femmes et avec le
mariage; emportez cette assurance,
si elle peut adoucir vos peines. Quand
vous serez tout-à-fait libre, quand
mon deuil sera fini, alors revenez,
et vous trouverez, non pas une autre
Amélie, mais celle qui sera toujours
la même pour vous; jusqu'à ce moment nous serons séparés, mais nous
nous écrirons. Je veux passer le tems
de mon deuil chez un digne ecclé-

siastique, qui forma ma jeunesse,
et que je regarde comme un père ;
il est pasteur au joli village de Weissenberg ; je lui ai demandé de me
recevoir ; il y consent, et je pars en
même tems que vous. Carlsbad me serait insupportable après votre départ.

Lindau enchanté baisa tendrement
la main de son amie, et lui demanda
la permission de l'accompagner jusqu'à Weissenberg. Ce sera pour moi
une consolation, lui dit-il, dans l'exil
où vous me condamnez, de pouvoir
au moins me représenter le lieu que
vous habitez, les personnes avec qui
vous vivez, et de vous suivre en idée
dans vos promenades, dans votre
appartement, partout où vous serez.
Le cœur d'Amélie était trop sensible
pour ne pas comprendre ce désir,

elle le partageait elle-même, et consentit à ce qu'il lui demandait. Deux
jours après ils partirent ensemble,
et arrivèrent à Weissenberg chez
l'ancien instituteur d'Amélie. Détes-
tant tout ce qui pouvait avoir l'air de
la défiance ou du mystère, elle lui
présenta le baron de Lindau comme
un ami à qui elle donnerait un jour
un nom plus tendre. Le pasteur connaissait de réputation le baron et ses
malheurs, et son noble caractère;
il approuva le choix d'Amélie, et
fut bien aise de penser qu'un second
hyménée mieux assorti la dédomma-
gerait des ennuis du premier; il avait
vu avec peine son aimable pupile
sacrifiée à un homme incapable de
l'apprécier et de la rendre heureuse;
il la vit avec plaisir sur la route du

premier des bonheurs, celui d'être
unie à l'homme qu'on aime, à un
mortel aimable et vertueux. Plus il
fut infortuné dans son premier choix,
pensait-il, et plus il sentira la valeur
du trésor qu'il possède; et combien
celle qui s'est conduite sans reproche
avec un mari qu'elle ne pouvait aimer, rendra-t-elle heureux celui que
son cœur a choisi! Au moment où
le ba on prit congé de lui en lui re-
commandant son Amélie, il réunit
leurs deux mains dans ses mains vénérables : Je vous conserverai ce précieux dépôt, lui dit-il, et le jour où
je vous le rendrai, où j'unirai ces
deux mains en face de l'Eternel,
sera aussi le plus beau de ma vie.
Lindau se jeta au cou du vieillard,
Amélie pressa sa main contre son

cœur, et celle de son ami en même
tems; il se séparèrent avec regret,
avec attendrissement, mais plutôt
comme deux amis bien tendres, que
comme deux amans bien passionnés.
Lindau avait aimé si vivement son
épouse pendant les deux années qu'il
avait passées avec elle, que son cœur
n'était plus guère susceptible d'un
sentiment de la même force; il chérissait Amélie : cette réunion si rare
et si touchante d'attraits, d'esprit et
de vertus, avait excité d'abord son
admiration, son estime, et enfin sa
tendre amitié, et l'amitié entre un
homme et une femme également aimables, touche de si près à l'amour,
qu'il est bien difficile de les distinguer. Avant que d'avoir rencontré
Amélie, il était le plus malheureux

des hommes; près d'elle toutes ses
peines s'étaient adoucies, elle l'avait
ramené à des sentimens plus doux.
Cette haine du genre humain, cette
aigreur générale, suites bien natu-
relles d'une perfidie aussi atroce
que celle qu'il avait essuyée, s'étaient
insensiblement calmées dans la société d'Amélie; il avait de nouveau
cru à la vertu, à la possibilité du
bonheur; une noble confiance, une
espérance consolante avaient rem-
placé le sombre désespoir et la fa-
rouche misanthropie; et celle à qui
il devait cet heureux changement dans
tout son être, avait dû nécessaire-
ment lui devenir bien chère; vivre
avec elle et pour elle était le vœu
de son cœur, mais ce sentiment n'a-
vait rien de tumultueux, et ne res-

semblait pas à celui que lui avait
inspiré la coupable Joséphine.

Amélie, de son côté, n'ayant jamais exalté ni son cœur ni son imagination, ayant suivi jusqu'à vingt-
cinq ans la ligne exacte du devoir
sans s'en écarter une minute, mettait de la raison même dans son
amour. Lindau était le premier
homme qu'elle eût aimé ; elle ne
pouvait donc comparer ce sentiment
à aucun autre, il remplissait son
cœur sans l'agiter, ne se l'étant avoué
à elle-même que lorsqu'il n'y avait
presque plus d'obstacle à vaincre.
Elle ne connaissait ni la crainte, ni
le remords, ni le doute, ni ce trouble
de l'ame qui caractérise les grandes
passions ; mais elle aimait Lindau
avec une véritable tendresse, et se

promettait de le dédommager de
tout le bonheur qu'il avait perdu,
qui devait être bien grand à en juger
par la tristesse où elle l'avait vu
plongé. Lorsqu'il l'eut quittée, elle
arrangea sa vie au milieu de la famille du bon pasteur comme si elle
en faisait partie, et se fit bientôt
adorer de tout ce qui la composait;
ce fut pour eux tous un charmant
épisode que l'arrivée d'une femme
aussi aimable, qui prit toutes leurs
habitudes, et se trouva parfaitement
heureuse au milieu de ce petit cercle
de vrais et simples amis. Le charmant village de Weissenberg était
situé le plus agréablement possible,
sur les rives d'un lac d'une assez
grande étendue; un vaste horizon
laissait voir une quantité de beaux

villages et de maisons de campagne,
dispersées sur une grande et riche
plaine, coupée de champs, de prai-
ries et de bouquets d'arbres fruitiers.
De l'un des côtés s'élevait en am-
phithéâtre une forêt majestueuse ; de
l'autre des montagnes de formes les
plus pittoresques. La maison du
pasteur, à l'un des bouts du village,
était entourée de vergers et d'un
jardin qui réunissait le goût et la
simplicité. On entrait de là dans des
bosquets touffus et naturels ; un sen-
tier sinueux suivait les détours d'un
ruisseau qui descendait de la mon-
tagne en formant une cascade, et
venait en serpentant se jeter dans le
lac. C'était une des promenades les
plus romantiques qu'il fût possible
d'imaginer. Amélie s'égarait sous ces

beaux ombrages avec un vrai délice,
pensant à son ami, lisant les lettres
qu'il lui écrivait tous les deux jours.
Elle venait ensuite y répondre dans
sa jolie chambre boisée et ornée de
belles gravures, ayant la vue sur le
lac et sur le jardin rempli de fleurs
odorantes. A côté était la bibliothèque du pasteur, peu nombreuse,
mais bien choisie, où elle passait de
doux momens. Le reste de la journée
était employé à sa harpe, à son pin-
ceau, à son aiguille, à des entretiens
amicals avec la femme et les filles de
M. Winder, excellentes personnes,
qui, sans gêner Amélie, sentaient
le prix de sa société et contri-
buaient à l'agrément de sa vie. Malgré
l'absence de l'objet aimé, Amélie
n'éprouva pas un instant d'ennui dans

sa retraite, et le tems passait avec
une incroyable rapidité ; c'est ce qui
arrive dans une vie à-la-fois occupée
et monotone ; rien ne variait ni ses
occupations, ni ses pensées; rien n'y
marquait un jour plus qu'un autre,
tous s'écoulaient aussi tranquillement
que l'eau limpide d'un ruisseau sur
les bords duquel elle promenait ses
douces rêveries, et dont elle enten-
dait à peine le murmure. Cette vie
paisible lui paraissait si douce, qu'elle
attendait sans impatience la fin de
son deuil et celle du procès de son
ami. Il lui mandait qu'il s'était pré-
senté de nouvelles difficultés par l'absence de l'un des témoins, et par
l'obstination de Joséphine. Il aurait
pu les surmonter en paraissant lui-
même et prêtant un serment, qu'il

pouvait prêter en conscience , puisqu'il avait été convaincu par ses propres yeux de l'infidélité de sa femme ,
dont il avait d'ailleurs les preuves les
plus positives ; mais au moment de
remplir cette formalité , une répugnance invincible pour affirmer lui-
même son déshonneur et la honte de
celle qu'il avait tant aimée , s'était
emparée si fortement de son esprit
qu'il n'avait pu s'y résoudre. Il avait
fait encore de nouvelles tentatives
auprès de Joséphine et des nouveaux
sacrifices d'argent, et il commençait
à espérer qu'elle céderait , et que
dans peu de jours son procès serait
terminé.

Cette lettre fit une impression sin-
gulière sur le cœur d'Amélie ; elle
avait ignoré jusqu'alors que les diffi-

cultés sur le divorce vinssent de la
femme du baron : elle croyait que
les tribunaux, si lents quelquefois,
traînaient la chose en longueur, et
que la seule délicatesse du baron
mettait obstacle au jugement ; mais
lorsqu'elle apprit cette circonstance,
il s'éleva dans son ame comme une
espèce de reproche d'être la cause
que ce lien fût brisé malgré celle qui
l'avait formé. Il est vrai, pensait-elle
alors, que c'est elle qui l'a déchiré
par sa conduite, ainsi que le cœur
de son époux, et qui continue à
prouver combien elle était peu digne
de lui appartenir, puisqu'elle cède
à l'appât d'un peu plus d'argent.
Amélie commençait à craindre de
s'être laissée trop facilement entraîner à aimer un homme qui n'était pas
encore libre.

Elle se livrait à ces idées pénibles
en faisant une promenade sur les
bords du lac, et en relisant les lettres qui les avaient occasionnées.
Elle rentra dans sa chambre embarrassée pour la première fois d'y répondre. Elle allait cependant s'asseoir
à son bureau, quand le pasteur entra
et lui apprit qu'une jeune femme,
qui paraissait avoir au plus vingt ans,
l'attendait et désirait lui parler. Qui
est-elle, et que me veut-elle?
M. Winder ne put répondre à ses
questions; il lui dit seulement qu'elle
était extrêmement belle, quoi qu'il
fût aisé de voir sur son visage les
traces d'un profond chagrin : elle
était venue à pied depuis un village
à quelques lieues de Weissenberg,
accompagnée d'une fille et d'un petit

enfant qu'elles portaient tour-à-tour, qui paraissait avoir tout au plus une année. Amélie surprise, et même émue sans savoir pourquoi, pria le pasteur de lui amener l'inconnue. Il sortit et rentra bientôt avec cette étrangère qui tenait l'enfant dans ses bras. Amélie fut, en effet, frappée de sa figure : une taille noble et svelte, un teint éblouissant de blancheur, des traits réguliers, entourés de beaux chéveux bruns bouclés naturellement, et deux grands yeux bleus pleins de douceur et de sensibilité, dont l'expression allait jusqu'au fond de l'ame, mais qui paraissaient fatigués de pleurs. Amélie fut d'abord prévenue en sa faveur, mais elle tremblait, sans savoir pourquoi, en lui demandant ce qu'elle voulait.

Les lis du teint de l'étrangère se couvrirent d'un rouge assez vif. Je désirerais , madame , répondit-elle avec le son de voix le plus touchant, avoir l'honneur.... pouvoir.... vous dire quelques mots... en particulier. Amélie s'inclina en silence , avança une chaise, et fit signe à cette dame de s'y placer et au pasteur de lés laisser : il sortit. La belle inconnue resta quelques instans en silence , le regard attaché sur Amélie , dont l'émotion augmentait à chaque moment ; les beaux yeux de l'étrangère se remplirent de larmes. Oui, dit-elle enfin avec effort, oui , ainsi devait être celle qui efface mon image dans le cœur de Lindau, et je vois , je sens qu'il est perdu pour moi. Dieu ! dit Amélie, vous seriez, vous êtes....

— La malheureuse épouse du baron de Lindau, la pauvre délaissée, abandonnée avec cet enfant qui est son fils.

— Son fils! le baron de Lindau n'a point d'enfant.

— Celui-ci est son fils, ah! oui, son fils, quoiqu'il ne veuille pas le reconnaître, quoiqu'il ne l'ait jamais vu.

— Impossible! s'écria Amélie, non, non, Lindau ne peut pas m'avoir trompée.

— Oh! non, non, madame, il ne vous a pas trompée, il en est incapable; lui-même est trompé, indignement trompé, puisqu'il peut croire que sa Josephine l'a trahi.... lui!.... moi! ah! c'est bien cela qui était impossible. Mais, Madame, je ne suis

venue ni pour me justifier, ni pour
arracher Lindau de votre cœur; non,
j'ai voulu me convaincre que votre
main pourrait le rendre heureux ;
long-tems je me suis flattée que,
dans mon cœur seulement, il pourrait trouver.... tout ce qu'il croit que
je lui ai ôté... mais je vous vois et
cette belle chimère est évanouie.

Quoi! reprit Amélie, vous croyez,
vous pouvez penser...

— Que vous ferez son bonheur ,
et mon cœur vous en remercie. Pour
moi je ne demande plus rien de
Lindau, non, rien pour Joséphine ;
mais, madame, dit-elle en saisissant
la main tremblante d'Amélie, pour
ce malheureux enfant j'ose vous demander un père.... Oui, vous com-
prenez, je le vois, la douleur d'une

mère : Lindau vous croira, dit-elle
avec une espèce d'égarement, en
appuyant sa tête sur le sein d'Amélie,
et en l'embrassant avec contraction.

Le cœur d'Amélie était serré au-
delà de toute expression ; le combat
qui se passait dans son intérieur était
trop violent pour pouvoir le cacher.
— Je vous fais du mal, s'écria Joséphine en se reculant doucement ; le
ciel sait que ce n'était pas mon intention.

Il est vrai, M.me la baronne, dit
Amélie en hésitant, vous venez vous
placer entre tous mes sentimens. Je
ne sais..... je ne puis m'expliquer
votre étrange apparition ; vous me
parlez de rapports qui m'étaient in-
connus ; jamais je n'entendis parler
de cet enfant, et le baron de Lindau....

Vous aimez Lindau, s'écria Joséphine avec une expression déchirante ! Oui, vous devez l'aimer, dit-elle après une pause et un profond soupir, et il mérite un cœur tel que le vôtre ; dès ce moment les liens qui m'unissaient à lui sont déchirés ; mais, madame, quand je cède toutes mes prétentions sans murmurer, puis-je céder de même celles de cet être innocent, celles qu'il tient de la nature ! Puis-je dérober un fils à son père, même quand son regard trompé ne veut pas le reconnaître ?

Non, non s'écria Amélie, non, vous ne devez céder aucune de vos prétentions ; si du moins vous en avez de réelles, vous devez....

Rien, plus rien pour moi, répondit Joséphine : j'ai éprouvé un cruel et

long combat, mais j'ai triomphé de
moi-même; le sentiment de l'innocence opprimée est venu au secours
de mon cœur déchiré. Ah! il est
cruel, il est affreux de devoir renoncer à tout ce qui faisait aimer la vie,
au bonheur, à l'amour. Votre propre
cœur doit vous le dire.... N'importe,
je cède, mais mon fils!

— Mettez-moi en état de prouver
à Lindau que cet enfant est son fils,
et fiez-vous à moi.

Oh! oui, oui, je le veux, s'écria
Joséphine en embrassant de nouveau
Amélie, tandis que de l'autre main
elle essuyait les larmes qui coulant
de ses yeux, baignaient les joues de
l'enfant endormi sur ses genoux; oui,
dès le premier regard que j'ai jeté
sur vous, j'ai vu que mon fils retrou-

verait son père, j'ai vu que vous
seriez aussi une bonne mère pour
lui.

De grâce, madame, dit Amélie en
lui serrant la main, expliquez-moi
par quel enchaînement de circonstances, par quelle étonnante compli-
cation....

— Est-ce que Lindau ne vous a
jamais raconté le singulier hasard
qui nous avait rapprochés l'un de
l'autre, et l'affreuse énigme qui nous
a séparés?—Non, dit Amélie, son
cœur (permettez-moi de vous le dire)
était trop profondément blessé, et
blessé par vous, à ce qui m'a été raconté par d'autres, pour qu'il n'y eût
pas de l'inhumanité à chercher à rou-
vrir cette blessure avant qu'elle fût
entièrement cicatrisée; il m'a dit qu'il

était bien malheureux, et je l'ai vu,
j'en savais la cause et je n'ai pas dû
la lui demander : aujourd'hui seulement j'ai su que....

Blessé par moi ! interrompit Joséphine douloureusement, elle semblait n'avoir écouté que ce mot. Je
vais donc, madame, vous raconter
ma triste histoire, et j'atteste et le
ciel, et cet enfant dont l'existence
m'est si chère, que je vous dirai la
vérité ; hélas ! il n'existe rien que je
doive cacher. Elle baisa l'enfant,
serra ses deux petites mains dans
l'une des siennes ; puis après avoir
élevé ses beaux yeux vers le ciel,
comme pour le prendre à témoin de
la vérité de son récit. Elle le commença :

    » Je suis, dit Joséphine, la fille

unique d'un pasteur de village ; je
perdis ma mère lorsque je sortais de
l'enfance. Mon père confia mon éducation aux soins d'une tante qui n'a-
vait point d'enfant, et qui demeurait
à Weimar dans une situation très-
agréable. Mon oncle avait une charge
à la cour du duc ; je fus donc à même
de jouir de tous les avantages qui
distinguent cette ville et en rendent
le séjour si intéressant. Les hommes
célèbres qu'elle renferme se rassem-
blaient souvent chez nous ; leur entretien instructif développait mes
idées, et la tendresse plus que maternelle de ma tante, toute ma sensibilité. Je parvins ainsi jusqu'à l'âge
de dix-sept ans, alors cette tante
bien-aimée nous fut enlevée en huit
jours par une fièvre nerveuse ; je

perdis ainsi ma seconde mère. Je revins sous le toit paternel, où la tendresse de mon père, sa joie de me
retrouver furent ma consolation. Il
n'y avait que deux mois que j'étais
auprès de lui, lorsqu'un matin un
homme, en belle livrée de chasse,
entra chez nous tout effaré, et nous
apprit la triste nouvelle que son
maître, le baron de Lindau, venait
d'être blessé mortellement dans un
bois voisin par l'inadvertance d'un
ami avec lequel il chassait. Ce malheureux ami, chez qui il était en
visite, avait fui; des piqueurs appor-
taient lentement le blessé, et son
chasseur avait pris les devans pour
demander la permission de l'amener
chez nous, notre maison étant la plus
prochaine. Mon père y consentit et

m'ordonna d'aller préparer une chambre et un lit au plain-pied. On ne
tarda pas à amener le blessé, il ne
donnait aucun signe de vie, et je
n'oublierai jamais l'impression que
me fit cette belle et noble figure avec
la pâleur de la mort et couverte de
sang. Un messager fut dépêché à la
ville la plus voisine pour chercher un
chirurgien et un médecin ; en les
attendant, nous lui prodiguâmes tous
les soins qui dépendaient de nous
pour arrêter son sang et pour le ra-
nimer. Ils ne furent pas inutiles, nous
eûmes le bonheur de lui voir faire
quelques mouvemens ; il ouvrit enfin
les yeux et les attacha sur moi, qui
soutenais sa tête, pendant que mon
père et son chasseur l'enveloppaient
de linges : mais il ne put prononcer

un seul mot, tant il était affaibli par
la perte de son sang, et retomba
bientôt sans connaissance. Le médecin et le chirurgien arrivèrent et
l'examinèrent. Nous attendions leur
arrêt avec une extrême émotion; il
ne fut pas prononcé, ils déclarèrent
seulement la blessure très-dange-
reuse et le transport impossible.
Ainsi le baron de Lindau devint notre
hôte. Frantz, son chasseur, lui paraissait fort attaché, et resta auprès
de lui; il nous raconta que son maître
était très-riche, point marié; qu'il
avait élevé et adopté le fils d'une
sœur, qu'on nommait le baron de
Dorneck. Quoiqu'il n'eût que dix à
douze ans de plus que ce neveu, il
ne paraissait point vouloir se marier,
et ce jeune homme était regardé

comme son héritier. Frantz alla lui apprendre le malheur qui venait d'arriver, et nous pria de veiller sur son maître en son absence. Cette recommandation était inutile, il suffisait de ses souffrances pour nous intéresser. Mon père ne quittait point sa chambre, et moi-même, autant que la bienséance me le permettait, j'y restais avec lui et lui rendais tous les services qui étaient en mon pouvoir. Le chirurgien et le médecin venaient le visiter tous les jours; lorsqu'ils sortaient d'auprès de lui, je cherchais dans leurs regards l'espérance ou la crainte. Enfin, le septième jour j'eus le bonheur de leur entendre dire qu'il était sauvé, mais que sa guérison serait très-lente, dépendait de la tranquillité, du repos profond dans

lequel il devait vivre, et qu'il ne
fallait pas songer à le déplacer. Ah!
madame, je les aurais volontiers em-
brassés pour l'une et l'autre de ces
nouvelles.

Ce même jour Frantz et le jeune
baron Dorneck arrivèrent. Ce dernier
me déplut beaucoup, sans que j'eusse
pu dire pourquoi. Mais non, je me
trompe; j'en sus fort bien la raison;
il me parut que la joyeuse nouvelle
que nous nous hâtâmes de lui donner,
que son oncle était hors de danger,
ne fit pas sur lui la même impression
que sur nous: il n'eut pas l'air de
sentir ce bonheur comme je le sen-
tais; cependant, lorsqu'il fut introduit auprès du malade, il lui témoigna et sa douleur et sa joie avec une
vivacité qui me donna aussi de l'hu-

meur contre lui. On avait expressé-
ment défendu toute émotion, et le
baron Dorneck fit tout ce qu'il fallait
pour lui en donner; aussi M. de Lindau fut-il moins bien ce jour-là. Le
neveu demanda à mon père de lui
permettre de rester pour soigner son
oncle ; il fallut bien y consentir. Naturellement sa présence me bannit de
la chambre du malade, et je n'y en-
trais plus que lorsqu'il le fallait absolument ; mais celui-ci s'aperçut bientôt que mille petits soins que les
femmes seules savent rendre lui man-
quaient : il avait vu combien je par-
tageais ses douleurs, il disait que je
savais les adoucir, et trouvait mille
prétextes pour m'attirer auprès de
lui; mais j'y trouvais son neveu, et
je n'y restais pas.

Bientôt j'eus un autre sujet de peine ; le baron de Dorneck ne négligeait aucune occasion de me parler de l'amour qu'il prétendait que je lui avais inspiré, et qui m'était insupportable. Enfin son oncle lui donna quelques commissions pour Leipsick, et il partit à ma grande satisfaction, mais en disant qu'il reviendrait bientôt chercher son oncle pour le ramener dans son château. La santé de Lindau se fortifiait tous les jours ; cependant il assurait qu'il se sentait encore trop faible pour voyager. Enfin je pus reprendre mon poste auprès de lui, je pus le distraire en lui lisant , ses auteurs favoris, et même par mon innocent babil ; il aimait à me faire causer de ce

que j'avais vu et entendu à Weimar ;
il connaissait de vue ou de réputation
les hommes savans et aimables que
j'avais entendus ; il rectifiait mes
idées, il éclairait mon esprit, et s'em-
parait insensiblement de tous les
sentimens de mon cœur : mais c'était
encore un mystère pour moi, j'ap-
pelais ce que j'éprouvais, compassion,
amitié, admiration, intérêt pour
ses souffrances, et je ne me doutais
pas que c'était de l'amour. Il était
sensiblement mieux, et j'en jouissais
avec délices, lorsqu'il reçut une
lettre de son neveu, qui le mit dans
un tel désespoir, que peu s'en fallut
qu'il ne lui en coûtât la vie ; il lui
apprenait, sans le moindre ména-
gement, que cet ami qui l'avait
blessé si malheureusement, était de-

venu fou de chagrin, au point qu'on
avait été obligé de l'enfermer, et que
les médecins désespéraient de sa guérison. M. de Lindau en fut si douloureusement affecté que nous le
trouvâmes sans connaissance, la fatale lettre serrée entre ses mains. Au
premier moment je le crus mort, et
ma douleur ne connut plus de bornes, non plus que ma joie lorsque
cette crise fut passée et que je le vis
rendu à la vie. Je m'étais entièrement trahie ; mon bon père devina
le secret, qui de ce moment n'en
était plus un pour moi ; je venais de
m'avouer que je ne survivrais pas à
Lindau, que je l'aimais passionnément, et je ne cherchai pas à le cacher
à mon père : il en fut effrayé et me
représenta avec une douceur vrai-

ment paternelle, mais mêlée d'angoisses, les chagrins que cette passion sans espoir me préparait. Hélas ! c'était une prophétie : le seul moyen de guérir était l'absence, il me conseilla de l'essayer et d'aller passer quelque tems chez un de nos amis dans un village peu éloigné. C'était trop tard, et mon sort était déjà fixé sans retour ; j'y consentis cependant, mais je trouvais des prétextes pour renvoyer d'un jour à l'autre : je ne pouvais me résoudre à quitter mon cher convalescent, tant que ma présence et mes soins pouvaient lui être utiles, et qu'il n'y avait personne pour me remplacer ; il était loin d'être remis de l'affliction que lui causait la démence de son ami.

Le baron de Dorneck revint ; il

rapportait à son oncle la bonne nouvelle que l'on avait pu, dans un moment lucide, apprendre sa guérison
à son ami, et que depuis cet instant
il avait recouvré la raison. Nous vî-
mes aussi depuis lors renaître notre
cher malade : ah ! quelle joie remplit mon ame quand j'entendis le
médecin lui dire qu'il était en effet
complètement guéri ! mais quelle
douleur en pensant qu'il allait nous
quitter, et que je ne le reverrais
peut-être de ma vie ! son départ n'é-
tait retardé que par quelques réparations à son château. Mon père, qui
craignait cette douleur au moment
du départ, renouvella sa prière de
m'éloigner, et cette fois j'y consentis
sans peine, pour éviter les odieuses

poursuites du baron de Dorneck. Je
partis donc, et peu de jours après
M. de Lindau envoya son neveu tout
préparer pour son retour chez lui.
Seul avec mon père, il lui demanda
la cause de mon éloignement, et
témoigna le désir de me revoir. Mon
père, embarrassé, ne sut que répondre ; Lindau insista, l'embrassa tendrement, lui dit qu'il le regardait
comme son sauveur, qu'il voulait
nous dévouer la vie que nous lui
avions conservée, et qui n'aurait de
prix pour lui que par le don de mon
cœur et de ma main ; qu'il osait espérer que le cœur lui appartenait
déjà, et qu'il demandait ma main à
mon père. Tout ce que ce dernier
put lui dire pour le dissuader de

cette mésalliance fut inutile : il lui répondit que la véritable noblesse étant la vertu, personne n'était plus noble que nous ; que d'ailleurs il était son propre maître, que sans moi il ne pouvait vivre, que sans lui, peut-être.... Enfin il conjura mon père d'aller me chercher, et ce bon père éleva ses mains, tremblantes de joie, au ciel pour le remercier du bonheur de sa fille chérie, nomma Lindau son fils, et vint me chercher.

Je le vis de loin, et mon cœur se serra à en mourir ; je crus que son arrivée était l'annonce du départ de Lindau ; pâle, baignée de larmes, je me jette dans ses bras. Il est parti, m'écriai-je, ô mon père ! ayez pitié de moi, cachez ma douleur dans votre sein ; je ne le verrai plus.....

Tu ne le quitteras plus, il t'aime, il
a lu dans ton cœur, il te veut pour
la compagne de sa vie.... Ah! madame, ce moment! une éternité de
peines n'en effacerait pas le doux
sentiment. Je revins avec mon père.
Lindau était venu au-devant de nous;
nous le rencontrâmes dans un petit
bois, au travers duquel nous devions
passer: dès qu'il nous aperçut, il ac-
courut les bras ouverts; mon père
m'y plaça, et je tombai sur sa poitrine presque inanimée à force d'é-
motion et d'amour. J'étais bien certainement alors la plus heureuse personne de la création. Mon digne père
bénit notre future union avec une
joie qui n'était pas sans mélange; un
sombre pressentiment pesait sur son
cœur, sa main tremblait en mettant

la mienne dans celle du baron ; mais
moi je n'éprouvais qu'un bonheur pur
et complet ; aucune crainte, aucun
pressentiment funeste ne m'avertit
du sort qui m'attendait : j'étais toute
à l'amour, toute à mon adoré Lindau ; j'étais dans la jouissance d'une
félicité céleste ; je devais embellir
cette vie pour laquelle j'avais si fort
tremblé ; je devais rendre heureux
celui à qui mon cœur appartenait en
entier. — Pardon, madame, si je
vous entretiens si long-tems du bonheur que je devais à mon Lindau ;
j'ai tort, sans doute, et.... Elle baissa
les yeux ; Amélie détourna les siens
remplis de larmes ; elle serra la main
de Joséphine en silence ; il lui eût été
impossible de prononcer un seul mot.

Oui, reprit Joséphine lentement,

encore quelques instans de joie et de
bonheur, et vous verrez l'infortunée
tomber dans un obscur précipice, et
tout s'anéantir pour elle.

Lindau désirait d'emmener son
épouse avec lui dans sa terre; il supplia mon père de hâter notre mariage. Son intention, nous dit-il,
était seulement de passer quelques
semaines à Waldstat (c'était le nom
de sa terre), et de me mener ensuite
à Leipsick, où nous ferions toutes
les emplètes nécessaires à la baronne
de Lindau. Mon père y consentit; et
le dimanche suivant, à l'église de la
paroisse, il donna à son heureuse
fille, avec une joie inexprimable,
l'époux que son cœur avait choisi.
Une petite fête champêtre, à laquelle
tout le village fut invité et vint par-

lager notre bonheur, embellit encore
cette journée : la générosité de mon
époux envers mon père et moi dans
dans le contrat qu'il fit dresser, et le
douaire qu'il m'assura, lui donnèrent
de nouveaux droits à notre reconnaissance.

Le jour suivant fut encore donné
à l'amour paternel. Le baron, qui
vit la douleur de mon père, le pressa
vivement de quitter sa cure et de
nous suivre ; son bonheur serait augmenté, nous dit-il, s'il pouvait à son
tour prolonger la vie de son sauveur
et soigner sa vieillesse ; mais mon
père était trop attaché à son troupeau,
et à ses devoirs de pasteur, pour les
abandonner ; il refusa avec un cœur
déchiré, mais avec fermeté, en faisant promettre à mon mari de m'a-

mener chez lui une fois toutes les
années, et lui s'engageant de nous
rendre notre visite. Une nièce assez
âgée, de feue ma mère, devait venir
me remplacer ; le surlendemain nous
nous arrachâmes de ses bras ; ses
vœux nous accompagnèrent. Oh !
pourquoi les vœux de ce digne père,
de ce respectable vieillard ne furent-
ils pas exaucés ! Mon cœur était serré
au-delà de toute expression, mais
j'étais avec Lindau, et.... malgré ma
vive douleur je me trouvais si heureuse !

Mon arrivée à Waldstat n'était ni
attendue, ni désirée ; l'étonnement
et la consternation du baron de Dorneck, quand son oncle me présenta
à lui comme sa femme, furent au
point qu'il ne put les cacher ; cet évé-

nement lui ôtait à-la-fois toutes ses
espérances. Lindau fut assez généreux pour excuser sa mauvaise humeur et pour le rassurer; il lui dit
qu'il gagnait plus qu'il ne perdait par
son mariage, puisqu'il lui donnerait
tout de suite ce qu'il n'aurait eu
qu'après sa mort, une portion de son
bien assez considérable pour le mettre
à son aise, et il lui promit de plus
qu'il le trouverait toujours dans les
cas imprévus. Dorneck feignit une
vive reconnaissance de la générosité
de son oncle; mais l'enfer n'en fut
pas moins dans son cœur. Sa conduite
avec moi dans la maison de mon père,
redoubla d'abord son embarras; mais
je n'en avais pas parlé à mon mari
pour ne pas l'irriter contre son neveu;
je lui avais toujours témoigné un tel

repoussement que j'étais bien sûre
qu'il n'oserait pas continuer sur le
même ton. En effet, au bout de
quelques jours, il me témoigna en
apparence une amitié respectueuse,
et beaucoup de tendresse à son oncle.
Lindau y fut trompé, ainsi que tout
le monde, excepté moi, qui ne pus
jamais, malgré tous mes efforts, surmonter l'aversion qu'il m'avait d'a-
bord inspirée. Hélas! mon cœur pré-
voyait que j'étais entourée d'un mauvais génie, et sans en avoir la preuve,
je le regarde comme l'auteur de
toutes mes souffrances. Au bout de
quelques semaines il retourna à Leipsick, où nous ne tardâmes pas à le
suivre. L'amour de mon mari se
montra dans tout ce qu'il fit pour
moi; rien n'était assez beau, assez

précieux pour sa Joséphine, qui n'aurait voulu d'autres trésors que son cœur. Il souhaitait que mon père me vît dans tout mon éclat; moi je désirais seulement de lui dire combien sa fille était heureuse, comme son époux étoit bon pour elle. — Ah! oui, si bon, si excellent!

Ressembleras - tu à ton père, Edouard? dit-elle en baisant son enfant, qui s'était réveillé et souriait comme un petit Ange. Voyez, Madame, comme il lui ressemble! Ah! il aura son cœur aussi, j'en suis bien sûre, comme il a ses yeux et son sourire. Elle le serra contre son sein en essuyant une larme maternelle sur la joue de l'enfant.

Amélie aussi fut frappée de sa ressemblance avec Lindau, depuis que

ses yeux étaient ouverts ; elle se leva
et resta un moment à la fenêtre, elle
avait besoin de respirer. Ah ! elle
sentait bien tout ce qu'elle allait perdre ; mais elle éprouvait aussi un vif
intérêt pour celle qui lui enlevait
toutes ses espérances. Un moment
après, elle vint se remettre à sa place,
et pria Joséphine de continuer son
récit.

Au printems nous revînmes à
Waldstat. Le baron voulait y rester
jusqu'en automne, et me conduire
ensuite à Vienne, pour me présenter
à des parens qu'il avait dans cette
ville ; il n'épargna rien pour me rendre le séjour de la campagne agréable. Oh ! tout me l'était avec lui ;
mais je préférais la campagne qui
nous rapprochait plus l'un de l'autre.

Je n'avais plus qu'un seul vœu à former, c'était de porter dans mon sein un gage de l'amour de mon cher Lindau, qui l'attacherait plus encore à moi; je la demandais au ciel avec ardeur, mais j'étais mariée depuis plus d'une année sans que rien m'annonçât qu'ils fussent exaucés. Lindau voyait mon désir et mon chagrin, et il en devenait encore plus tendre pour moi.

Un soir nous nous promenâmes appuyés l'un sur l'autre dans le parc : la nature était si belle, et j'étais si heureuse ! Ah ! c'était le plus beau jour de ma vie ! ce fut aussi mon dernier jour de bonheur. Jamais encore mon Lindau n'avait été aussi tendre, il me rappelait jusqu'aux moindres détails de son séjour chez mon père, et de la naissance et des progrès de son attachement, et avec quel délice il avait vu naître le mien; il me peignit son bonheur quand dans le petit bois je tombai sur son sein, et que mon père lui dit : elle vous aime de toute la force de son cœur innocent, et je vous la donne, sûr que vous seul pouvez faire son bonheur. Ah! oui, lui dis-je, toi, toi seul au monde.

Nous rentrâmes au château, il était arrivé une lettre pour le baron qu'on lui remit : il l'ouvrit en ma présence; il frémit, il pâlit, parut d'abord comme frappé de la foudre. Il lut encore cette fatale lettre, et son regard devint toujours plus sombre et tous ses traits plus décomposés. Inquiète, interdite, je m'avançai pour

l'embrasser, et il me repoussa avec
un mouvement de fureur; je fondis
en larmes, et je pris un tremblement
général si violent, que je serais tombée s'il ne m'avait pas soutenue. Sa
tendresse parut se réveiller ; il m'embrassa plusieurs fois , prit soin de
moi sans appeler ma femme-de-
chambre; il chercha à me tranquilliser. Cette lettre, me dit-il, contenait une nouvelle très-désagréable :
elle allait l'obliger à me quitter pour
quelques jours ; il comptait partir de
bonne heure le lendemain, mais il
espérait de pouvoir revenir bientôt.
Malgré ses efforts, il ne put m'en
imposer, je voyais parfaitement le
combat intérieur qu'il éprouvait, et
la peine inutile qu'il se donnait pour
paraître calme ; je ne voulus pas

l'augmenter par mes doutes et par
mes larmes, et je tâchais aussi de
lui cacher mes inquiétudes. Je me
couchai : de toute la nuit je ne pus
fermer l'œil ; hélas ! c'étaient les premières épines du mariage, elles n'en
déchirèrent que plus mon cœur, et
bientôt elles devinrent des poignards
acérés. Sur le matin je m'endormis
de lassitude, et quand je me réveil-
lai.... Lindau était parti, parti sans
me dire adieu ; comment vous exprimer ma douleur, mon tourment ?
Cependant il avait promis de revenir
bientôt ; mais cette lettre, que pou-
vait-elle contenir de si terrible ? Je
savais bien qu'une femme ne doit
pas prétendre à savoir tous les secrets
de son mari : jusqu'alors cependant
sa confiance en moi avait été entière ;

mais peut-être des affaires de famille !
Peut-être lui reprochait-on sa mésalliance ! Les gens de cette classe pri-
vilégiée font si peu de cas du cœur.
Oui, c'est cela, me disais-je, et voilà
la cause de son trouble et de son
silence; mais il m'aime, et je n'ai
rien à craindre. Sans doute, il est
allé leur dire comme sa Joséphine le
rend heureux. Ainsi je cherchais à
tranquilliser mon cœur, mais j'eus
bien de la peine à y parvenir.

Je restai toute la journée dans ma
chambre ; comme elle me parut longue cette première journée d'absence !
Le soir l'ennui et la fraîcheur m'attirèrent dans le parc; ma femme-de-
chambre m'accompagna; c'était une
jeune fille assez gaie et causeuse à
l'ordinaire ; ce soir-là elle ne disait

pas un mot, et paraissait mal à son aise. Je lui en demandai la raison ; elle allégua un grand mal de tête, mais j'en soupçonnai une autre cause. Depuis quelque tems j'avais cru m'apercevoir qu'elle et Frantz, le chasseur de mon mari, s'aimaient. Je distinguais ce garçon des autres domestiques, c'était lui qui avait amené son maître chez nous, et qui était ainsi la première cause de mon bonheur ; j'avais été témoin des soins qu'il lui avait donnés, et j'avais bien l'intention de prier mon mari de lui assurer un sort et de le marier avec Annette. Au détour d'une allée nous le rencontrâmes j'en fus surprise, je le croyais avec son maître qu'il suivait toujours ; j'allai vivement à lui et je lui demandai pourquoi il ne

l'avait pas accompagné. Il me dit que
M. le baron ne lui en avait pas donné
l'ordre ; sa présence m'expliqua l'humeur d'Annette ; je pensai qu'ils devaient sans doute se promener ensemble, et que je les en empêchais.
Je rentrai plutôt que je n'avais
compté ; je me couchai aussi de bonne
heure, fatiguée de ma mauvaise nuit ;
Annette me déshabilla. J'avais l'habitude de boire tous les soirs un verre
d'eau, elle l'avait oublié et alla le
chercher ; je l'avalai d'un trait, je
me mis au lit et je la renvoyai ; contre
mon attente, je m'endormis d'abord
et pesamment. Je fus tout-à-coup
réveillée par un coup de pistolet ;
j'ouvre les yeux. Jugez de mon étonnement ; à la pâle lueur de ma lampe
de nuit, je vois une porte, qui n'é-

lait d'aucun usage et toujours fermée,
ouverte, et le chasseur du baron
fuyant au travers. Au milieu de la
chambre était Lindau, retenu par
Dorneck et par l'intendant du château, et tenant encore d'un air égaré
le pistolet qu'il venait de tirer. A
côté de mon lit était Annette avec
l'air très-effrayé. Je nommai Lindau
en étendant mes bras vers lui; il fit
un mouvement pour s'approcher de
moi, mais se détournant avec horreur, il alla à mon bureau, ouvrit
plusieurs tiroirs, tomba sur un paquet de papiers, et le prit avec un
mouvement de rage; ce ne pouvaient
être que des lettres de mon père, je
n'en avais aucune autre, et je n'écri-
vais qu'à lui seul. Encore une fois je
nommai Lindau faiblement, et je

retombai sur mon oreiller sans connaissance. Quand je revins à moi,
tout avait disparu, j'étais seule avec
Annette qui me soignait. Je demandai vivement mon mari, elle me dit
qu'il était parti à cheval. Parti ! et il
me laisse dans cet état, m'écriai-je
avec désespoir. — Mais quand était-
il arrivé ? Pourquoi cette porte était-
elle ouverte ? Comment le chasseur
était-il dans ma chambre ? Pourquoi
son maître voulait-il le tuer ? Qu'est-
ce que faisait-là Dorneck ? A toutes
ces questions je n'eus que cette seule
réponse ; je ne le sais pas. Je voulus
me lever, le jour commençait à paraître, je voulais envoyer courir après
Lindau ; je ne pouvais croire qu'il fût
en effet parti. J'étais à peine habillée
que l'intendant entra les larmes aux

yeux : c'était un très-digne homme ,
à qui j'avais fait du bien et qui m'aimait ; il me dit doucement que la
voiture était attelée. — La voiture...
attelée... Pourquoi? par les ordres de
M. le baron : en disant cela il me
remit un billet, et les larmes arrêtè-
rent sa voix. Je le pris promptement,
je le lus, et de nouveau mes sens
m'abandonnèrent ; il ne contenait
que ces mots : « Vous vous servirez
» de ma voiture pour vous rendre
» chez votre père, et là vous atten-
» drez mes ordres. »

On me porta dans la voiture, où
il y avait déjà plusieurs de mes effets
empaquetés : l'intendant s'y plaça à
côté de moi, et je quittai ainsi cette
maison où j'avais été si heureuse il
y avait si peu de jours ; ma femme-

de-chambre était aussi avec nous.
Dès que je pus parler, je demandai
quelques explications ; son unique
réponse était toujours, je ne sais
rien. En vain je conjurai l'intendant
de me donner le mot de cette affreuse
énigme. « Que voulez-vous que je vous
» dise, madame, si vous ne le savez
» pas vous-même ! » Ce fut tout ce
que je pus obtenir : ma situation
était horrible.

Notre voyage se fit très-vite, et
dans peu de jours j'aperçus le clocher
de mon village, à côté du toit paternel. Avec quel sentiment, il me
serait impossible de le décrire, nous
traversâmes le petit bois si plein
de doux souvenirs ! mon pauvre
cœur battait bien fort. Cette fois
aussi je vis quelqu'un de bien cher

accourir; c'était mon père : je fis arrêter, et en jetant un cri je tombai sans connaissance dans ses bras tremblans. Quand je revins à moi, j'étais couchée sur le gazon; l'amour paternel cherchait en vain mon pouls et ma respiration, des larmes d'angoisses coulaient sur ses joues vénérables : mon père! ma fille! fut tout ce que nous pûmes prononcer; long-tems je sanglottai sur son sein. » Enfin il me repoussa doucement, et un regard et un ton que je n'oublierai de ma vie, qui me firent frissonner malgré mon innocence, et qui m'aurait foudroyée si j'avais été coupable. Devant Dieu et devant cet homme, me dit-il, puis-je encore te nommer ma fille? Est-il vrai que tu t'es écartée des sentiers de la vertu?.... Es-tu la plus indigne des femmes? Alors n'entre pas dans ma demeure, et laisse moi mourir seul et désespéré; mais si tu es innocente et malheureuse, victime de la trahison et de la calomnie, comme mon cœur aime à le croire, viens, mon enfant, viens sur le cœur de ton père; reçois avec soumission les peines que Dieu t'envoie, je les supporterai avec toi. »

» Que puis-je vous dire, mon père? je ne sais ce qu'on me veut et de quoi je suis accusée; je sais seulement que je n'ai rien à me reprocher. »

» Rien! s'écria mon père, Dieu soit béni mille fois! Oui, oui, je te crois, et ce Dieu qui t'éprouve découvrira ton innocence. Non, tu

Tome III.   4

ne pouvais pas être tombée aussi
bas. Viens, ma fille, ne rentre pas
dans cette voiture, et plût au ciel
que jamais tu n'y fusses montée!
Viens à pied jusqu'à cette humble
maison que tu quittas innocente et
heureuse, où tu reviens malheureuse,
mais encore innocente. Se tournant
avec dignité vers mon conducteur:
monsieur, lui dit-il, ramenez cette
voiture et tout ce qu'elle contient,
ma fille n'en a pas besoin; je la
reprends avec ce que votre maître
n'a pu lui donner ni lui ôter, son
cœur et son innocence. Le bon intendant nous supplia de consentir
à ce qu'il apportât chez mon père
les effets qui m'appartenaient, suivant
les ordres du Baron, mais mon père
le refusa positivement et le pria de
repartir.

Mais Lindau, m'écriai-je douloureusement, ne le reverrai-je pas?
ne puis-je lui parler? Ah! dites-
lui, Wolmen, dites-lui, Annette,
quand vous le verrez, que mon
cœur m'absout de torts envers lui,
que je ne l'ai jamais volontairement
offensé, que je n'ai commis aucune
faute, rien, oh! non rien, qui mérite une punition aussi sévère. L'intendant saisit ma main, et la baisa
respectueusement avant que je pusse
l'empêcher. Le ciel, me dit-il, pro-
tégera votre innocence. Annette
pleurait en silence. Ils remontèrent
dans la voiture et partirent; moi je
pris le bras tremblant de mon père,
et je m'acheminai vers sa demeure.
Oh! Madame, que je ne puis-je
vous le faire connoître! il est le

meilleur des pères et le plus digne
des hommes.

» Arrivés à sa cure je le conjurai
à genoux de m'expliquer cette ef-
frayante énigme, je ne pouvais plus
supporter cette ignorance et cet état
d'anxiété ; il me montra une lettre
de mon mari : Il lui disoit, qu'il lui
renvoyait sa fille, déjà aussi coupable
au moment où il l'avait épousée
qu'elle l'était actuellement. En présence de plusieurs témoins, et lorsque
je le croyais absent il avait trouvé
pendant la nuit (je rougis, madame,
de vous rapeller cette infamie) son
chasseur Frantz dans ma chambre,
et il avait en main les preuves les
plus positives que non seulement
il y était de mon aveu et d'accord
avec moi, mais que cette indigne

liaison s'était formée pendant qu'il
était malade chez nous, et qu'elle
avait continué depuis que le misérable domestique était échappé à
sa rage, qu'il m'avait épargnée en
considération des secours qu'il avait
reçus de mon père et de moi pendant
la malheureuse blessure ; qu'il m'é-
pargnerait encore, mais que je ne
devais plus me regarder comme sa
femme et qu'il espérait que je
n'apporterais aucun obstacle au divorce qu'il allait solliciter. »

« Si vous me croyez innocente
Madame, vous devez comprendre
à quel point cette lettre déchira
mon cœur, nous ignorions complètement de quel moyen on s'étoit servi
pour persuader à mon mari une
calomnie aussi atroce; je voyais seu-

lement que j'étais la victime d'une
horrible scélératesse, et je ne pouvais
en accuser que le baron Dorneck ;
mon père partageait mes soupçons,
mais je vous assure Madame que
malgré l'excès de mon malheur, mon
cœur saignait plus pour Lindau que
pour moi-même, je connaissais sa
profonde sensibilité, et son amour
pour moi ; ses souffrances devaient
être inexprimables, je suppliai mon
père de me permettre de lui écrire :
il reconnaîtra, lui dis-je, le langage
du cœur et de la vérité ; mon innocence sera découverte. Mon père
y consentit, j'écrivis... et je ne reçus
point de réponse ; nous ne savions
pas même où il était ; ma lettre fut
adressée à un banquier de Lepsick,
qui était chargé de ses affaires.

Et vous ne l'avez pas revu depuis ? demanda Amélie, avec étonnement.

Jamais, non madame, je n'ai plus plus revu celui sans lequel je né croyais pas de pouvoir me séparer un seul jour, pas même lorsque ma santé succomba enfin aux agitations de mon ame ; je fus très-malade, mais quel fut mon saisissement quand le médecin que mon père appela à mon secours, me déclara qu'il me croyait enceinte.... Ah ! cette espérance que j'avais désiré si vivement de voir réalisée, qui manquait seule à mon bonheur, il y avait si peu de jours, me remplissait actuellement d'angoisse, de crainte, et cependant de joie et d'espoir. Mon père communiqua cette nouvelle au Baron ; nous ne reçumes point encore de réponse, mais quel-

ques semaines après un avocat vint
en son nom nous faire part de ses
propositions : « Si je consentais sans
difficulté au divorce qu'il allait demander, il m'assurerait la somme de
mille écus par an, sous la condition
que je me reconnaîtrais coupable de
ce dont j'étais accusée, et convaincue
par les preuves les plus positives, et
que je ne porterais plus son nom. »
L'avocat était chargé d'une déclaration signée du baron de Dorneck,
d'un domestique, de ma femme-de-
chambre et de l'intendant, qui témoi-
gnaient avoir trouvé le chasseur dans
ma chambre à coucher, la nuit que
mon mari était absent; il avait de
plus beaucoup de lettres de cet
homme, adressées à un de ses amis
au service du baron de Dorneck,

quelques-unes datées du tems où il
demeurait chez mon père avec son
maître, et d'autres plus récentes,
par où cet infâme lui confiait notre
prétendue liaison : il s'égayait sur l'a-
veuglement de son maître qui ne
s'apercevait de rien, et prenait pour
son compte toutes les preuves d'a-
mour que je ne cessais de lui donner :
depuis mon mariage il en plaisantait
encore de la plus indigne manière,
en disant qu'il était aussi content de
la belle baronne que de *la charmante fille du pasteur*. Dans la dernière écrite le même jour avant la
fatale nuit, il lui faisait part de la
coupable espérance que lui donnait
l'absence du Baron. Un autre paquet
de lettres, trouvées dans mon bureau, m'étaient adressées à moi-

même. — Epargnez-moi , madame , la honte de vous parler du contenu de ces odieux et scandaleux papiers, qu'il me fut impossible de lire, tant j'en fus révoltée : c'était bien l'écriture du chasseur ; pendant que son maître était malade , il lui avait souvent servi de secrétaire en ma présence ; depuis mon mariage, dont je le regardais comme la première cause, je me servais de lui de préférence aux autres domestiques, et j'avais eu plusieurs comptes de sa main ; je lui avais souvent fait de petits présens , et ma bonté, ma reconnaissance tournaient contre moi d'une manière aussi affreuse, je rejetai avec horreur cette infâme correspondance, et je refusai avec fermeté mon consentement à un divorce qui aurait pour base mon déshonneur. Je déclarai à l'avocat, en présence de mon père, que, quoiqu'il ne me fut pas possible de découvrir l'odieuse trame dont j'étais la victime, comme je savais au moins que j'étais innocente, je devais au titre d'épouse du baron de Lindau et de mère de son enfant, de ne pas abandonner mon honneur si indignement outragé.

L'avocat fut frappé de ma fermeté : il voulut m'effrayer par la force des lois, mais le sentiment de mon innocence me mit au-dessus de toute crainte; il partit avec ma déclaration. Huit jours après il revint avec une lettre du baron de Dorneck, dans laquelle il lui disait « que son oncle » blessé jusqu'au fond de l'ame de » l'indigne conduite d'une personne

» qu'il avait honorée de son cœur et
» de sa main, et ne voulant plus rien
» avoir à démêler avec elle, l'avait
» chargé de terminer cette affaire.
» La nouvelle de ma grossesse l'a-
» vait extrêmement frappé : ayant
» vécu deux ans avec son oncle sans
» avoir eu d'enfant, il fallait attendre
» le résultat ; mais lors même que
» ce serait vrai, cet événement était
» sans doute la suite des rendez-vous
» qu'ils avaient troublés, et son oncle
» ne pouvait pas se charger de cet
» enfant ; les preuves était trop clai-
» res, trop positives, pour qu'il fût
» possible de les nier. Il s'estimait
» heureux d'avoir pu éclairer son
» oncle sur l'indigne conduite d'une
» femme qui abusait de son amour
» pour elle, et dont les inclinations

» étaient aussi basses que sa nais-
» sance, mais qui ne devaient pas
» déshonorer le nom de Lindau. »

Le ton de mépris de cette lettre
révolta mon ame : je me vis si enla-
cée qu'il ne me restait aucune res-
source, mais je restai ferme dans ma
résolution de ne pas renoncer volontairement au titre d'épouse de Lindau,
puisque ce serait convenir que j'étais
coupable d'un crime dont la seule
pensée me faisait horreur. Mon père
était parfaitement d'accord avec moi,
et quoique dans son premier mouvement d'indignation il eût résisté à rien
recevoir du baron, il ne refusa plus
de garder comme ma propriété des
paquets de mes effets qui me furent
envoyés par un exprès.

L'avocat, contraint de s'en retour-

ner une seconde fois sans avoir rien
arrangé, nous déclara qu'il allait en-
tamer juridiquement la procédure ;
et mon père consulta de son côté un
homme de loi. Pendant ce tems arriva
le moment de ma délivrance, je pus
serrer contre mon cœur maternel le
fils de Lindau, cet enfant chéri des
derniers jours de mon bonheur. Sa
naissance fut annoncée à son père,
et nous n'eûmes point de réponse.
Mais l'affaire était portée devant les
tribunaux. Ma conduite irréprocha-
ble, tant chez ma tante que chez mon
père avant que j'eusse connu Lindau,
fut attestée par nombre de témoins ;
et toutes les personnes que j'avais
vues à Waldstat témoignèrent de
même, qu'elles n'avaient jamais aperçu
la moindre trace d'une liaison illi-

cite, à l'exception de ma femme de
chambre, qui, à ma grande suprise,
témoigna que la soirée avant la malheureuse nuit, j'avais dit quelques
mots en secret au chasseur en me
promenant avec elle dans le parc,
et que je l'avais renvoyée plus tôt
qu'à l'ordinaire : cependant l'habileté
avec laquelle mon avocat soutint mes
droits et ceux de mon fils, firent
traîner l'affaire en longueur. Il me
fut fait une foule de propositions,
soit au nom de Lindau, soit de la
part du baron de Dorneck ; je rejetai
tout ce qui tendait à empêcher que
mon fils ne fût reconnu pour celui
du baron de Lindau. Dans ces entre-
faites j'appris par mon avocat la re-
lation qui s'était établie entre vous,
Madame, et mon mari, et le bruit

de votre mariage avec lui. Cette nouvelle.... je ne le nie pas, m'ébranla
profondément, plus profondément
peut-être que tout ce qui s'était passé
précédemment ; mais mon cœur est
brisé, il est lassé de combattre, ma
résolution est prise : je veux céder
toutes mes prétentions comme épouse
de Lindau, puisque cela peut faire
son bonheur, mais sans reconnaître
un crime que mon cœur déteste, et
sans priver mon fils du père et du
nom auquel la nature lui a donné tous
les droits. C'est à vous que je le confie ;
voyez, madame, on dirait qu'il voit
dans votre regard, dans vos larmes,
que vous voulez lui rendre son père.
Epousez Lindau, je ne m'y oppose
plus ; hier il doit avoir reçu mon consentement au divorce ; soyez heureux

l'un par l'autre ; il me restera mon innocence, le sentiment d'avoir rempli mes devoirs de mère, et j'ose l'espérer, votre estime et votre amitié.

Joséphine se leva; son ton, sa manière, tout en elle portait le caractère de la vérité et de l'innocence. Amélie fut aussi convaincue de la pureté de son cœur, que de celle du sien propre ; elle prit l'enfant dans ses bras, le couvrit de baisers, et lui jura qu'il retrouverait son père, et sa mère un époux.

Je reconnais votre générosité, madame, répondit Joséphine, je l'accepte pour mon fils, et mon cœur vous en remercie ; mais pour moi... hélas ! que pouvez-vous faire ? pouvez-vous pénétrer l'obscurité qui m'environne ? dépend-il de vous d'effacer de l'esprit du Baron des soupçons fondés sur le témoignage de ses propres yeux, et de tant de témoins qu'il croit irrécusables? Non, non, Lindau est perdu pour moi à jamais, pour ce monde au moins, dit-elle avec enthousiasme et en élevant sa main et ses beaux yeux bleus vers le ciel; mais là, là où toutes les illusions cessent, où toutes les erreurs disparaissent, où chaque nuage (comme dit mon père) se dissipera devant le soleil de vérité, là où je languis d'être, là où bientôt j'irai l'attendre, je le retrouverai et il sera encore à moi; vous me le rendrez tard, bien tard si mes vœux sont exaucés; mais ici bas c'est impossible.

Non, non, s'écria une voix trop bien connue de ces deux femmes, et la porte de la bibliothèque s'ouvre, non, cela n'est pas impossible ! ici déjà tu me retrouves, si tu veux me pardonner, s'écrie Lindau en tombant aux pieds de Joséphine. Ma femme, mon fils, mon amie, oui, je suis déjà au milieu des anges, et tous les nuages ont disparu devant le soleil de vérité. O ma Joséphine ! si cruellement tourmentée, si souffrante, si persécutée, et si innocente, pourras-tu m'aimer encore ? Lève les yeux sur ton époux désabusé, à jamais désabusé, que ton fils et le mien plaide ma cause. O mon fils, dit-il en serrant l'enfant contre son cœur, demande-lui de pardonner à ton père.

Joséphine était retombée sur sa chaise, presqu'inanimée à force d'émotion et de surprise. Amélie, à

peu-près dans le même état, regardait fixement ce groupe intéressant, et tâchait de fortifier son cœur
oppressé; elle comprit que le baron
était venu pour lui apprendre lui-
même qu'il était libre par le consentement de Joséphine, mais que leur
lien allait au contraire se renouer
plus fortement que jamais, et qu'elle
devait se sacrifier elle-même ; elle y
était décidée du moment où elle
avait reconnu l'innocence de la Baronne, mais la présence inattendue
de Lindau, sans ébranler sa résolution, la troubla violemment. Joséphine rouvrit les yeux, elle vit
à ses pieds celui qu'elle croyait avoir
perdu pour toujours, serrant son fils
contre son cœur; elle ouvrit les bras
et réunit ces objets chéris sur le sien,

Tout, tout fut oublié; plus heureuse qu'elle ne l'avait encore été, elle ne trouvait point de paroles, mais que d'amour et de bonheur dans son regard, dans ses yeux pleins de douces larmes! dans la création entière elle ne voyait que son époux et son fils, et dans ce premier moment Amélie même s'effaça de sa pensée. S'il était resté quelques doutes à Lindau, ils se seraient tous évanouis dans cet instant.

Le cœur d'Amélie ne put plus se contenir, elle fondit en larmes, et en fut soulagée; elle vola vers les époux, elle prit leurs mains réunies, qu'elle serra fortement entre les siennes : toujours, toujours ainsi, dit-elle en sanglotant, et elle sortit de la chambre. M.ʳ et Mᵐᵉ de Lindau voulurent la suivre.

Laissez-moi, mes chers amis, leur dit-elle ; un instant de solitude m'est nécessaire. Elle les repoussa doucement dans la chambre, ferma la porte, et descendit rapidement l'escalier ; les époux restèrent seuls.

N'as-tu plus aucun doute sur mon innocence ? dit Joséphine avec calme et tendresse.

—Aucun, aucun, ma Joséphine ; je bénis le ciel de ce que toi seule les as complètement détruits ; l'accent de la vérité a pénétré dans mon cœur, il a dissipé jusqu'au moindre nuage. Grâces soient rendues à la Providence qui m'a mis à même de l'entendre ! Il lui raconta qu'il avait voulu surprendre Amélie, et qu'il avait suivi immédiatement la lettre où il lui annonçait sa liberté ; ayant appris

qu'elle avait une visite, il était entré
dans la bibliothèque en attendant
qu'elle fût seule. Une voix bien
connue avait frappé à-la-fois son
oreille et son cœur, elle avait prononcé son nom, c'était la voix de
Joséphine; sa respiration s'arrêta, il
resta comme attaché à cette porte
et ne perdit pas une des paroles
qui l'intéressaient si fortement.
Avec quel sentiment à-la-fois délicieux et cruel je repassai, lui dit-il,
sur les commencemens de notre
connaissance, où je croyais voir si
clairement que ton jeune cœur s'attachait à moi ! et chaque mot que
tu prononçais à Amélie, me disait
que tu ne m'avais pas trompé.
Je frémis de la conduite de mon
neveu avec toi, et dès cet instant

je saisis tous les fils de cette odieuse trame. Mon ame entière fut inondée de bonheur quand tu as parlé de notre enfant; dès cet instant tous mes soupçons, que je croyais des certitudes, se sont évanouis : déjà alors j'aurais volé dans tes bras et à tes pieds, si l'idée d'Amélie ne m'avait retenu. Mais quand je t'ai entendue exprimer, d'une manière si touchante, ton espoir d'être réunie avec moi dans les demeures célestes, je n'ai plus été le maître de mon émotion, toute autre considération a disparu; il n'exista plus pour moi que ma Joséphine si injustement accusée; ma Joséphine innocente et si malheureuse; j'ai ouvert la porte involontairement, et je suis tombé à tes pieds.

Ah ! combien ils auraient été heureux sans la pensée de la généreuse Amélie ! ils voulurent aller la joindre, mais le pasteur entra et leur apprit qu'elle avait tout de suite fait mettre des chevaux à sa chaise et qu'elle venait de s'éloigner ; il leur remit un billet qui ne contenait que ces lignes, tracées d'une main un peu tremblante :

« Mes chers amis, je vous donne
» rendez-vous à Waldstat, allez
» m'y attendre ; dans un mois au
» plus tard vous y verrez arriver
» votre amie, heureuse de vous y
» trouver ensemble. »

AMÉLIE DE W.

Joséphine baisa ces lignes, et trouva Amélie bien magnanime de se détacher ainsi de toutes ses pré-tentions sur Lindau; et celui-ci?.... Nous n'approfondirons pas plus ses pensées et ses sentimens qu'il ne le faisait lui-même; il adorait sa Jo-séphine, il admirait son Amélie, il les chérissait toutes les deux : mais, s'il avait pu y réfléchir, il aurait pu parfaitement établir la différence entre l'amour passionné et l'amitié exaltée, entre le bonheur parfait et le doux contentement. Chère Amélie, s'écria-t-il en baisant aussi son billet, puisse ton cœur angélique trouver un jour sa récompense !

En partant elle avait conjuré M^r. et Mme Winder d'engager la baronne de Lindau à se reposer quelques

jours à Weissenberg , de sa longue
course à pied et de tout l'ébranle-
ment d'une aussi vive émotion ; ils
y consentirent ; on leur prépara un
appartement , celui d'Amélie leur
rappelait trop qu'elle n'y était plus.
Le sage pasteur les empêcha ainsi
d'entrer dans un cabinet où elle
dessinait, et où Lindau aurait trouvé
son image plus d'une fois répétée et
tracée par la main de l'amour. Pauvre
Amélie ! qui ne dira pas avec Lindau :
puisse ton cœur céleste trouver sa
récompense !

Nous n'aurions plus rien à dire
au lecteur, mais il y en a qui voudront
savoir les infâmes moyens dont
Dorneck s'était servi pour perdre
l'innocence Joséphine, et la punition
de ce monstre : quoiqu'il nous en

coûte pour nous occuper de lui, nous allons donner un extrait aussi court que possible de ce que Lindau raconta très-longuement à sa femme, et de ce qu'il apprit depuis.

La lettre qu'il avait reçue en revenant du parc était de Dorneck : il découvrait à son oncle la prétendue infidélité de sa femme, en l'engageant à ne s'en rapporter qu'à ses propres yeux, quoique lui Dorneck eût en main les preuves les plus irrécusables que Lindau avait été trompé dès les commencemens de sa connaissance avec Joséphine ; il le sollicitait de venir s'en convaincre chez lui à Rubertsbourg, et il engageait son honneur, sa vie, l'amitié de son oncle chéri, pour preuve de la vérité de l'accusation.

On comprend que tout était concerté d'avance. Frantz gagné par
une forte somme d'argent et par
les promesses les plus brillantes
pour l'avenir, avait consenti à tout;
et bientôt il eut à son tour gagné
Annette qui l'aimait et qui devait
partager sa fortune : dès-lors tout
devint facile à la scélératesse, et la
pauvre Joséphine tomba dans l'affreux
piége dont elle ne pouvait se douter.
Les lettres furent dictées au chasseur
par Dorneck; celles qui étaient adressées à la baronne furent mises dans
son bureau par Annette le soir où
leur complot s'exécuta; les autres
furent censées avoir été données à
Dorneck par son domestique, ami
et confident de Frantz. Annette mêla
une poudre soporifique, que Frantz

lui remit, dans l'eau de sa maîtresse,
et lorsque celle-ci fut profondément
endormie, Annette ouvrit doucement la porte condamnée, et intro-
duisit le chasseur dans la chambre;
elle-même voulut y rester, et sauva
peut-être par cette précaution l'honneur de sa maîtresse, mais non pas
sa réputation. Au moment où Lindau
suivi de Dorneck et de l'intendant
entra dans la chambre, Annette se
cacha dans les rideaux; le malheureux époux abusé ne vit que Frantz
près du lit de sa femme, et faillit
à l'immoler à sa rage. Dorneck avait
promis à celui-ci d'avoir soin que
son oncle n'eût point d'armes; mais
sans doute ce monstre n'aurait pas
été fâché d'être débarrassé de cette
manière de son complice, qui échappa

au travers de la même porte par laquelle il s'était introduit, et depuis ce tems on n'en avait pas entendu parler. Il fut facile à Dorneck de s'emparer de l'esprit d'un homme égaré par la douleur au point où l'était Lindau ; tout l'amour qu'il avait eu pour Joséphine se changea en mépris, et dans une telle aversion qu'il ne pouvait plus entendre prononcer son nom : ce fut alors qu'il alla cacher son désespoir à Carlsbad, et que son neveu lui offrit de se charger de terminer cette horrible affaire, qu'il représentait à son oncle comme un complot entre le père et la fille pour l'entraîner dans ce honteux lien. Il combla de nouveau son neveu de bienfaits pour le récompenser de son zèle, et je me doutais d'autant moins de sa perfidie, disait Lindau à sa femme, qu'avant sa prétendue découverte il ne cessait de me parler de toi avec un tendre respect et en me faisant ton éloge. La confidence de son domestique l'avait désespéré, me disait-il, mais il avait cru de son devoir de m'avertir à quel point tu nous trompais. Je ne sus ta grossesse qu'après la naissance de ton fils, et Dorneck me persuada qu'elle n'était qu'une preuve de plus de ton crime : ô Joséphine ! pourras-tu me pardonner ? — Ah ! Lindau, dit Joséphine en frémissant d'horreur, pourras-tu, voudras-tu me croire innocente ?...

Comme cet enfant, dit Lindau, dont le sourire seul et ce que je sens pour lui suffirait pour m'assurer

qu'il est mon fils; mais je ne le
voyais pas, et tout était calculé
pour m'aveugler. A présent, ma
Joséphine, je te dois de te justifier
aux yeux du monde entier, comme
tu l'es aux miens : et il lui déve-
loppa son plan d'après lequel il la
pria de retourner chez son père
avec leur enfant, jusqu'au moment
où il viendrait la reprendre pour la
reconduire triomphante à Waldstat.
Ce bon père la sachant chez un de
ses confrères n'était pas inquiet
de son retard ; il l'avait priée lui-
même, en lui permettant cette course,
de se reposer un jour ou deux avant
de revenir. Mais Dieux ! quelle douce
surprise quand le troisième jour il
entend une voiture rouler sur le
pavé de la cour, et qu'il en voit

sortir son gendre, tenant sa fille
dans ses bras; elle se jette au cou
de son père, et Lindau à ses pieds
sollicite son pardon. Ces larmes sont
de joie, dit-elle, en essuyant les
joues vénérables de son père qui
en versait aussi. Rendez-la moi, s'é-
criait Lindau, que je tienne encore
une fois de vous cet ange si pur
et si offensé. On en vint à une
explication; et quand le digne pasteur
sut que Lindau n'avait, ainsi que lui-
même, d'autre preuve de l'innocence
de sa femme que cette innocence elle-
même brillante de tout son éclat;
quand il apprit à quel point on l'avait
abusé, et que la voix seule de Joséphine avait suffi pour détruire tant
de témoignages mensongers, il lui
pardonna facilement, et reconnut

là le doigt de la Providence qui veille sur l'innocence et la protége à son insçu.

Le baron ne put se refuser le bonheur de passer un jour entier avec tout ce qui lui était si cher dans un lieu si plein de doux souvenirs; le surlendemain il partit pour Leipsick à cheval. Son premier soin fut de faire chercher Annette qui y demeurait: avec l'aide d'un homme de loi il fit tout ce qu'il put pour l'amener à un aveu de sa duplicité et de celle des auteurs de cette infâmie: elle résista long-tems à convenir de tout. Enfin Lindau lui ayant dit qu'il était réuni avec sa femme et convaincu de son innocence par les aveux de Frantz, elle se trahit. Dieu! Frantz est ici, dit-elle; et

tombant aux pieds du Baron,
elle demanda son pardon, et lui
détailla tout ce qu'on vient de lire,
en avouant que l'espoir d'épouser
le chasseur et de jouir avec lui
d'une rente de quatre cents écus,
qui leur était promise par Dorneck
s'ils réussissaient, l'avait séduite ;
elle s'en repentait d'autant plus que
son amant lui déclarait que pour
rien au monde il ne reviendrait s'ex-
poser à la colère du Baron : et cependant, dit-elle, le voilà revenu,
mais pourrez-vous nous pardonner ?
A vous si vous me dites où il est,
car je l'ignore ; je vous ai trompé à
mon tour pour obtenir votre aveu ;
à lui s'il se repent ainsi que vous,
et joint son témoignage au vôtre.
Annette donna son adresse ; il avait

changé de nom, mais quelques jours
après il fut arrêté par ordre de la
police, et amené sous sûre garde à
Leipsick, où il fut soigneusement
renfermé, ainsi que l'était Annette.
Lindau demanda qu'ils fussent in-
terrogés en secret, par les mêmes
magistrats qui avaient reçu ses plaintes
et sa demande de divorce.

Frantz avoua tout; ses dépositions,
exactement conformes à celles d'Annette, ne laissèrent aucun doute sur
l'innocence de la Baronne et le crime
de Dorneck : celui-ci, occupé par
les ordres de son oncle dans une
terre éloignée, ne se douta de rien.
Il était consterné du bruit qui se
répandait du nouveau mariage de
son oncle avec Mme Amélie de
Waldorf; il avait espéré que trahi

si cruellement par son premier choix,
il n'en ferait pas un second ; trompé
dans cette attente , il cherchait
encore dans son esprit infernal
quelque moyen de l'empêcher ,
quand il reçut une lettre de son
oncle qui l'invitait à se rendre à
Waldstat pour une affaire pressée
et très-avantageuse. Dorneck, qui
l'avait vu dégoûté de cette belle terre
après ce qui s'y était passé, crut
qu'il voulait la lui donner, et se
hâta d'arriver. Il se précipita dans
la chambre de son oncle et voulut
l'embrasser ; Lindau se recula et lui
dit avec un sérieux glacial : je me
remarie, Dorneck, et j'ai lieu de
croire que cette nouvelle ne vous
fera pas plaisir.

Dorneck fut terrassé, mais prenant

sur lui pour que son oncle ne s'en
aperçût pas, il lui répondit avec
une joie affectée : Je vous prie de
croire, mon cher oncle, que votre
bonheur m'est aussi cher que le
mien propre. Vous avez sans doute
fait choix d'une épouse qui par
ses vertus et sa naissance est digne
de vous appartenir, et qui.....

Oui, Dorneck, j'ai choisi la meilleure, la plus vertueuse et la plus
outragée des femmes, dit-il en
ouvrant la porte de la chambre voisine; la voilà, jugez vous-même si
une vie entière de repentir et d'a-
mour peut effacer tout ce qu'une
méchanceté sans exemple a fait souffrir
à la digne mère de mon fils. Dorneck
frémit de la tête aux pieds en voyant
Joséphine assise, son enfant dans

ses bras ; il voulut fuir, mais toutes
les issues étaient déjà fermées, et
le baron l'arrêta par un regard fou-
droyant : l'hypocrite alors prit un
autre parti, il vint se précipiter à
genoux devant Joséphine : Ma chère
tante, lui dit-il, puisque mon oncle
vous juge innocente, vous l'êtes sans
doute, et votre cœur généreux par-
donnera une erreur..... Ta tante,
indigne misérable ! oses-tu prononcer
ce nom respectable ? oses-tu te
prosterner devant l'innocente victime
de tes forfaits, et chercher à les
nier ? Tes complices, bien moins
coupables que toi, que tu as en-
traînés dans cette iniquité, l'ont
du moins avouée ; demande, si
tu l'oses, leur témoignage et leur
signature ; et tirant un rideau au

fond de la chambre, il lui montra
Frantz et Annette enchaînés, et à
côté d'eux, sur des sièges élevés,
les trois magistrats qui avaient reçu
leur déclaration. Elle fut lue à haute
voix au coupable Dorneck ; les magistrats prononcèrent sur lui la peine
infamante des calomniateurs. Joséphine à genoux demanda sa grâce,
et l'obtint en partie ; Lindau pouvait-il refuser quelque chose à cette
sainte outragée ? Va, dit-il au coupable, rends grâce à celle que tu
voulus perdre, et qui te sauve la vie,
ou du moins une détention per-
pétuelle ; va porter ailleurs ton
déshonneur et ta méchanceté ; je ne
veux jamais te revoir. Une chaise
de poste t'attend et te conduira au
port de mer où s'embarquent les

troupes pour l'Amérique ; tu seras conduit sur un vaisseau avec le vil agent à qui tu appris à trahir le maître et la maîtresse qui les comblèrent de bontés. Les domestiques du Baron détachèrent Frantz, et le conduisirent dans la chaise de poste, où Dorneck se jeta au milieu des huées et des cris de malédictions des gens et des vassaux du Baron ; il s'embarqua, et trouva bientôt en Amérique une mort trop honorable pour lui. Annette fut renvoyée à Leipsick chez ses parens, et vécut dans le remords et dans le repentir. Joséphine lui avait pardonné et ne l'abandonna pas, mais Annette ne pouvait se pardonner à elle-même sa trahison envers une si bonne maîtresse, dont l'innocence fut pleinement reconnue.

Au tems fixé par Amélie, ils
urent le bonheur de la voir arriver
Waldstat ; les heureux habitans
le cette belle demeure volèrent au-
levant d'elle ; Joséphine se jeta dans
es bras ; le baron lui aida à descendre de voiture , pressa sa main
ur son cœur, sur ses lèvres. Joséphine
courut chercher son fils, et le plaçant
le manière que ses deux petits bras
entouraient leur cou à toutes les
deux : Tu as deux mères, Edouard,
lui dit-elle , aime-les également.
L'enfant leur souriait, et des larmes
coulaient sur leurs joues ; le Baron
en versait aussi : Amélie lui tendit
la main, il s'approcha, et fut em-
brassé de ses deux amies , comme
son fils les embrassait. A jamais votre
amie , s'écria Joséphine ! A jamais

notre ange tutélaire , répondirent-
ils. Ils ont tous tenu parole, et jamais
aucun nuage ne vint obscurcir leurs
sentimens et leur bonheur.

DIXIEME NOUVELLE.

LE BARON D'ADELSTAN,

OU

LE POUVOIR DE L'AMOUR.

LE jeune baron Sigismond d'A-
delstan se promenait un matin dans
sa chambre ; ses bras croisés, sa
tête baissée, un léger froncement
entre les deux sourcils, un air pensif
et presque sérieux annonçaient qu'il
réfléchissait....... La réflexion était si
rare chez lui, qu'il devait en être
étonné lui-même, et qu'il l'était en

effet, quoiqu'il eût un motif bien
suffisant pour s'expliquer cette nouveauté. Le baron de Sigismond avait
signé la veille son contrat de mariage
avec une belle enfant de seize ans;
il est vrai qu'il n'y avait pas mis plus
d'importance qu'il n'en mettait à
toutes ses actions; il avait écrit son
nom au bas de cet acte solennel
qui l'engageait pour la vie, comme
il l'aurait mis au bas d'un billet-
doux ou d'un rendez-vous de plaisir,
et sans imaginer que cet engagement
dût gêner le moins du monde sa
liberté et fût une affaire sérieuse.
On lui avait représenté qu'un jeune
seigneur, le dernier de sa noble
race, devait avoir une femme et
un héritier; il s'était soumis à cet
usage. La jeune baronne Natalie

d'Elménhorst était fille unique du
grand maréchal de la cour ; elle
devait avoir une immense fortune ;
il trouva que cette alliance réunissait toutes les convenances requises.
Il l'avait vue quelquefois chez ses
parens comme on voit un enfant,
sans y faire attention : il savait bien
qu'elle était belle ; mais ni sa figure, ni son caractère, ni sa parfaite éducation n'entrèrent pour rien
dans le choix qu'il fit d'elle pour
être la compagne de sa vie. Adelstan
était, il est vrai, admirateur passionné des belles femmes, mais jamais il ne lui vint dans l'esprit que sa
femme pût être belle pour lui, ni qu'il
pût avoir le moindre amour pour
elle : c'eût été *un ridicule* dont il
n'eut pas même la pensée ; il était

bien aise cependant que Natalie
eût cet avantage, sa vanité en était
flattée : et il espérait que leurs enfans
auraient aussi cette figure distinguée,
à laquelle il avait dû trop de succès
pour ne pas en sentir la valeur. Il
s'était donc fait présenter chez le
maréchal d'Elmenhorst, et après
quelques visites, il lui avait demandé
la main de sa fille, et l'avait obtenue
au premier mot. Adelstan était aussi
fils unique, riche, en pleine jouissance de sa fortune, ses parens étant
morts depuis long-tems ; M. d'Elmenhorst n'en demanda pas d'avantage, et l'affaire fut aussitôt conclue.
Il n'y eut pas la moindre difficulté
sur les conditions : le grand maréchal
crut avoir tout fait pour le bonheur
de sa fille, en lui donnant un époux,

noble, riche, et de plus, jeune et beau, et en établissant pour elle un beau douaire en cas de veuvage; même, par excès de prudence, il voulut aussi faire stipuler ce qu'elle aurait en cas de divorce. Il faut penser à tout, disait-il : ma fille est charmante, et saura, j'espère, fixer son époux; mais on le dit si léger, et les divorces sont à présent si fort à la mode, qu'il est bon d'y songer à l'avance. Adelstan n'en fut point surpris, il lui parut que cette clause diminuait de moitié le poids des chaînes du mariage.

Dans toute cette affaire ni Natalie, ni sa mère, l'aimable baronne d'Elmenhorst, n'avaient été consultées. Lorsque le grand maréchal vint leur en faire part, et leur dire que sa

Tome III. 6

fille était engagée au baron d'Adelstan, l'impression qu'elles en reçurent
fut différente ; les joues de Natalie
devinrent deux belles roses , celles
de Mme d'Elmenhorst perdirent leur
douce teinte ; une nuance très-mar-
quée de plaisir anima les yeux de la
jeune fille, ceux de la maman se remplirent de larmes. Natalie, dit-elle
en tremblant à sa fille, chère Natalie, espère-tu aimer un jour l'é-
poux que ton père te destine ? Je
l'aime déjà, maman, répondit naï-
vement la jeune fille ; il est si beau
et si aimable ; sans doute qu'il m'aime
aussi puisqu'il veut m'épouser, et,....
et j'obéirai à mon papa,... avec plaisir.

Fort bien, petite, lui dit son
père en lui pinçant la joue ; mais
une demoiselle de ton âge ne doit,

pas si vite avouer qu'elle aime , et dire qu'elle se marie avec plaisir.... Cela ne convient pas du tout.

Mon papa, dit Natalie en baissant les yeux, maman me demandait.....
—Question aussi inutile que la réponse : Crois-moi , mon enfant , moins tu aimeras ton mari et plus tu seras heureuse. Je vous en conjure, madame, ne donnez pas à cette enfant vos idées romanesques. Il sortit en levant les épaules.

Mᵐᵉ d'Elmenhorst soupira profondément ; passant ensuite un bras autour de sa fille , et la serrant contre son cœur avec un mouvement passionné, elle lui répéta sa question : Chère Natalie , tu aimes donc le baron d'Adelstan? J'en suis surprise... tu le connais si peu !

Natalie était interdite ; la leçon
de son père, la réflexion de sa
mère repoussèrent au fond de son
cœur sa confiance ; elle ne savait plus
ce qu'elle devait dire et penser ; elle
se jeta au cou de sa mère sans lui
répondre, et ses larmes s'ouvrirent
un passage. Mme d'Elmenhorst la
consola, la calma, se fit expliquer
peu-à-peu ce qu'elle éprouvait, et vit
en effet avec étonnement que le cœur
aimant de la jeune Natalie avait de-
vancé l'ordre de son père, et s'était
donné entièrement au bel Adelstan ;
et rien n'était plus naturel. Mme d'Elmenhorst avait élevé sa fille dans la
plus profonde retraite, et sans autre
maître qu'elle-même ; le désir de
perfectionner les talens de Natalie
l'avait engagée à céder aux sollici-

tations de son époux, et à la conduire à la cour où il résidait habi-
tuellement. Il y avait peu de tems
qu'elles y étaient arrivées lorsque
le baron Sigismond se présenta
chez elles; c'était le premier homme
qui eût fait quelque attention à la
jeune Natalie; la charmante figure
du baron plaisait à ses yeux, et
sa gaîté l'amusait. Sans faire précisément la cour à une petite fille
dont il n'était point du tout amoureux, dans son projet de mariage
il l'avait du möins distinguée des
autres jeunes personnes; il lui adressait quelques propos flatteurs ; il
lui donnait des bouquets superbes;
elle aimait les fleurs avec passion,
et bientôt elle aima de même celui
qui les lui présentait, et qu'elle

trouvait l'être le plus aimable et le
plus beau dont son imagination eût
pu se former l'idée ; et cet être si
parfait à ses yeux la choisissait entre
toutes les femmes pour être la
sienne ! Jamais encore elle n'avait
pensé à ses richesses ; la simplicité
dans laquelle elle vivait à la campagne, avait éloigné cette idée :
elle n'eut pas un instant celle qu'elles
entrassent pour rien dans la recherche du baron, et elle en fut si flattée
qu'elle aurait voulu tomber à ses
pieds pour lui en témoigner sa reconnaissance ; mais son père imposait
silence à ses sentimens, et sa mère
en paraissait surprise. Cependant
Natalie avait une trop longue habitude de confiance avec cette excel-
lente mère, pour lui cacher rien de

ce qui se passait dans son ame; elle lui répéta donc, mais avec un peu plus de timidité, que son union future avec le baron d'Adelstan flattait tous les désirs de son cœur, qu'il le possédait en entier, et qu'elle était convaincue qu'elle serait la plus heureuse des femmes. Mme d'Elmenhorst soupira encore en silence; elle ne put prendre sur elle d'ôter à sa fille chérie une illusion si douce; elle connaissait les volontés impérieuses du grand maréchal, et savait qu'il serait inutile de vouloir lui résister; la répugnance ou seulement l'indifférence de sa fille lui auraient donné le courage de l'essayer; mais elle n'eut pas celui d'affliger sa Natalie; elle la voyait cependant avec une profonde douleur sur la route d'un malheur et d'un danger, qu'elle connaissait trop bien pour ne pas les redouter.

Ainsi que sa Natalie, Mme d'Elmenhorst avait été mariée uniquement par des convenances de fortune et sans être aimée d'un époux qui la connaissait à peine avant de l'épouser, et qui ne la regarda plus dès qu'elle fut sa femme, quoiqu'elle fût la plus belle personne de la cour et la plus digne d'être adorée. Son cœur extrêmement sensible s'attacha d'abord passionnément à cet ingrat mari ; elle fit tout ce qui dépendait d'elle pour obtenir sa tendresse ; mais plus elle lui en témoignait, plus il s'éloignait d'elle ; il lui dit enfin positivement, et de la manière la plus cruelle, qu'elle lui

donnait et se donnait à elle-même
un ridicule complet par cet attachement conjugal, qui ne convenait qu'à
des mœurs bourgeoises, et qui lui
était insupportable. Elle eut la douleur
de le voir offrir ses hommages à
des femmes qui ne la valaient pas, et
d'apprendre ainsi qu'il pouvait aimer;
son amour en augmenta, car la jalousie est quelquefois un stimulant,
mais les plaintes lui étaient inter-
dites, et pendant quelques années
elle avait été la plus malheureuse
des femmes. Enfin comme on n'aime
jamais éternellement seule, elle guérit
de son amour inutile pour son mari;
mais le remède fut pire que le mal.
Un seigneur de la cour parfaitement
aimable l'aimait depuis long-tems
avec une passion que ses rigueurs

n'avaient fait qu'augmenter ; mais
elle connaissait trop bien le tourment d'une passion non partagée
pour ne pas le plaindre. *Si la pitié
n'est pas de l'amour*, elle en est
souvent le premier pas : ce premier
pas l'entraîna rapidement à un sentiment plus tendre ; son cœur si
aimant, si sensible, trouvait enfin
un cœur qui lui répondait ; elle était
aimée comme elle avait si long-tems
désiré de l'être, sans avoir pu l'obtenir, et bientôt elle s'avoua à elle-
même qu'elle partageait le sentiment
qu'elle inspirait ; ce fut, il est vrai,
avec la résolution de le cacher avec
soin à celui qui prenait chaque jour
plus d'empire sur son ame ; mais
l'amour, au point où elle l'éprouvait,
peut-il se cacher ? Son amant le sut

aussitôt qu'elle ; il osa risquer un
aveu que le respect avait retenu
jusqu'alors ; il écrivit des lettres
brûlantes ; Mme d'Elmenhorst répondit ; elle voulait le ramener à la
raison, et chaque mot de ses ré-
ponses prouvait que la sienne était
perdue ; elle voulait lui ôter toute
espérance, et sans le savoir elle la
ranimait tellement qu'il se crût sûr
de sa conquête ; il écrivit de nouveau,
elle répondit encore, et comme il
arrive souvent, chaque lettre était
plus faible et plus tendre que la
précédente. Enfin celle où elle avouait
son amour fut écrite, et celle où on
lui en demandait la preuve fut reçue :
alors le bandeau tomba de ses yeux,
elle vit avec effroi l'abîme dans lequel
elle allait se précipiter. Sa conscience,

ses principes vertueux se réveillèrent
avec force et l'emportèrent sur sa
passion. La fuite était le seul moyen
de prévenir sa perte, elle l'employa
avec courage, et le jour même,
sous le prétexte d'une santé déran-
gée, elle obtint de son mari la permission d'aller passer quelque tems
dans une de ses terres assez éloignées :
il y consentit, et voulut l'accompagner pour faire faire à son château
long-tems négligé des réparations
indispensables ; Mme d'Elmenhorst
aurait préféré d'être seule ; mais elle
fut bien aise que la présence con-
tinuelle de son mari la rappelât sans
cesse à son devoir. Le grand maréchal, bientôt ennuyé de ce séjour
et de sa triste compagne, revint à
la ville, et n'insista pas pour la ra-

mener avec lui. La solitude a ses
dangers; Mme d'Elmenhorst l'éprouva
pendant les premières semaines, et
l'image de celui qu'elle voulait fuir
l'obsédait tellement, qu'elle allait
peut-être céder et essayer si sa présence réelle lui serait moins impor-
tune, lorsque heureusement pour
elle, elle s'aperçut qu'elle était dans
un commencement de grossesse : cet
espoir réalisé d'une maternité long-
tems désirée, fut plus puissant que
la raison et la vertu pour la guérir
d'un sentiment coupable. Elle aurait
pu dès ce moment retourner à la
cour sans danger, mais elle craignait de revoir celui qui savait
seul le secret de la faiblesse de son
cœur; son état lui servit de prétexte pour prolonger son séjour à la
campagne. Elle désirait avec ardeur

une fille, sûre que, si c'était un fils, son époux ordonnerait son retour auprès de lui. Ses vœux furent comblés, elle donna le jour à Natalie; elle obtint facilement de l'élever où elle voudrait; alors elle n'eut plus rien à craindre. Toutes les facultés aimantes de cette tendre mère se concentrèrent sur sa fille; elle ne comprenait plus qu'elle eût pu aimer passionnément un autre objet : avare de son trésor, persuadée que le séjour de la campagne était utile à son enfant au physique et au moral, elle y fixa sa demeure, et pendant quinze ans ne vint à la ville que lorsque le Baron la demandait, ce qui était assez rare. Cette fois son séjour avait été plus long, parce qu'elle avait donné des maîtres à Natalie; mais

cette dernière était si jeune que
Mme d'Elmenhorst n'avait encore
aucune crainte ni d'amour, ni de
mariage ; ce fut donc pour elle un
coup de foudre lorsqu'elle apprit
en même tems que le grand maréchal
avait promis sa main, et que Natalie
avait donné son cœur : elle avait trop
de pénétration et un intérêt trop
vif à la mettre en jeu, pour n'avoir
pas observé que son futur gendre
était le second volume de son mari,
esclave de la mode, incapable d'aimer, et elle frémit en pensant que
sa Natalie ne serait pas plus heureuse qu'elle, et sans cesse exposée
à des dangers qu'elle n'aurait peut-
être pas le courage de surmonter.
Ne pouvant résister à la volonté de
son mari et au vœu de sa fille, elle

voulut du moins gagner un peu de tems et se donner celui de la prémunir autant qu'il dépendrait d'elle, en fortifiant sa raison et les principes vertueux qu'elle lui avait inculqués dès sa naissance ; elle allégua la jeunesse et même l'enfance de sa fille, prolongée par la retraite, pour obtenir de la garder près d'elle encore une année. « Vous nous ferez de fréquentes visites à la campagne, dit-elle au jeune baron; là vous apprendrez mieux à vous connaître, à vous attacher l'un à l'autre, et à jeter ainsi les fondemens solides de votre bonheur domestique. »

Adelstan lui dit en souriant, qu'elle avoit parfaitement raison, qu'il se soumettrait à tout ce qu'elle ordonnerait ; et cette condescencendance qui paroissait lui coûter si peu , fut une nouvelle preuve pour Mme d'Elmenhorst de son indifférence pour Natalie. Le grand Maréchal ne parut pas très-content de ce retard , cependant il y consentit, parce que dans les règles ce n'était pas au père de l'épouse à presser le mariage , mais il voulut au moins exiger de sa femme qu'elle passerait cette année entière à la ville. La santé de Natalie en souffrirait , répondit-elle , au moins pendant l'été qu'elle a une si longue habitude de la campagne et d'un genre de vie si différent de la vie qu'on mène dans le grand monde ; j'amènerai quelquefois ma fille pendant l'hiver pour lui en donner une idée. Mais soyez sûr , dit-elle avec sentiment , que

deux jeunes cœurs sont bien plus
près l'un de l'autre à la campagne,
et que tout le tems de leur vie
Adelstan et Natalie béniront les momens qu'ils auront passés ensemble
au sein de la nature, et loin des dis-
tractions et du tourbillon de la cour.
Natalie se jeta dans les bras de sa
mère avec un mouvement passionné
qui disait assez qu'elle était du même
avis. Adelstan ne savoit trop que
répondre, heureusement la compagnie invitée pour la fête des fian-
çailles commença à se rassembler,
et interrompit cet entretien; le jeune
baron en fut bien aise, et se promit
bien que ses visites auprès d'une
femme aussi raisonnable, aussi sentimentale, et d'une jeune fille aussi
romanesque, seraient peu fréquentes.

Il était à présent sûr de sa dot, c'était l'essentiel , et il annonça d'avance qu'un grand bâtiment qu'il faisait élever dans sa terre pour recevoir sa jeune épouse, l'obligerait à y être souvent , et cette terre était éloignée d'Elmenhorst de plus de deux journées.

La compagnie se rassembla ; le contrat fut signé, les anneaux s'échangèrent, et la fête la plus brillante consola le jeune époux des momens de contrainte et d'ennui qui l'avaient précédée ; il en conta à toutes les jolies femmes , dit quelques mots à demi-tendres, en passant, à sa jeune épouse, dansa quelquefois de plus avec elle, et crut avoir parfaitement rempli ses devoirs de fiancé ; peut-être même aurait-il oublié complè-

tement le but de la fête, si une S et
une N , liés amoureusement ensemble, et dans les festons de fleurs,
et dans les transparens de l'illumination, ne le lui avaient rappelé. Il revint chez lui, la fatigue l'endormit
bientôt; des songes doux et légers
lui retracèrent les plaisirs de la soirée;
mais en s'habillant le lendemain, il se
souvint qu'il devait faire une visite à
sa jeune épouse, et à sa future et
sentimentale belle-mère, qui lui
parlerait de bonheur domestique,
du charme de vivre ensemble dans
les champs, d'apprendre à se connaître, à s'aimer. Tous ces mots
étaient vides de sens pour lui : jamais il n'avait envisagé le mariage
sous ce point de vue, et il en fut
effrayé; déjà l'idée d'avoir un devoir

à remplir dans la matinée lui parut
insupportable, et Mme d'Elmenhorst
la femme du monde la plus ridicule.
Il avait fait à sa famille et à l'usage
le sacrifice de sa liberté ; il consentait
à faire partager à Natalie d'Elmenhorst son nom, son rang, sa fortune,
et il avoit cru que cela devoit suffire
au bonheur d'une jeune personne
élevée dans la retraite, et pour qui
le monde et les plaisirs devaient avoir
tout le piquant de la nouveauté.

Nous le laisserons dans les ré-
flexions qui en furent la suite et
qui retardèrent sa visite, et nous
retournerons auprès de l'aimable baronne d'Elmenhorst et de son innocente Natalie. Cette intéressante jeune
personne n'avait pas été contente de
la journée de la veille ; au défaut

d'expérience, son cœur l'avait avertie
que son époux n'avait pas pour elle
ce sentiment tendre et profond qu'elle
était si près d'avoir pour lui; jusqu'à
sa gaîté même lui disait qu'il l'aimait
faiblement. Au moment de la signature de l'acte qui les unissait pour
la vie, Natalie émue et tremblante
à l'excès, avoit eu peine à tracer
son nom, et des larmes du plus
doux attendrissement l'avaient effacé
à demi; Adelstan au contraire avait
signé en riant, et plaisanté sa jeune
fiancée sur son émotion. Pendant la
fête, toutes les jolies femmes avaient
partagé avec elle ses attentions et ses
hommages, et pas même un regard
n'avait rassuré son cœur. Malgré la
fatigue de la danse, elle dormit
peu, et lorsqu'elle vint auprès de sa

mère le lendemain matin, celle-ci
eut bientôt découvert le sentiment
qui l'agitait ; mais elle n'eut garde
de lui en parler, et de solliciter sa
confiance, car elle n'aurait pu prendre
sur elle de la rassurer : Natalie de
son côté ne voulait pas affliger sa
mère, et s'efforçait de paraître tranquille. Peut-être suis-je injuste avec
Adelstan, pensait-elle, peut-être que
chez les hommes l'amour se mani-
feste par la gaîté, et chez les femmes
par l'attendrissement ; mais les uns et
les autres doivent éprouver au moins
le même désir de voir l'objet qu'ils
aiment ; si Adelstan vient ce matin,
et il viendra sans doute, avec quel
plaisir je lui ferai réparation et combien j'en aurai à le revoir !

Mais les heures s'écoulaient, et

Adelstan n'arrivait point ; le moindre mouvement à la porte faisait tressaillir Natalie ; il était plus de midi, et l'on n'avait pas même un message de sa part pour s'informer de sa santé ; tant d'indifférence de la part de celui avec qui elle devait passer sa vie, blessa enfin son cœur au point de ne pouvoir plus le cacher à sa mère ; elle se jeta dans ses bras toute en larmes. Oh ! maman, lui dit-elle, il ne m'aime pas, il ne m'aimera jamais ! Mme d'Elmenhorst ne trouva rien à lui répondre, elle garda le silence et la pressa contre son sein. — Partons, maman, dit encore Natalie, retournons à Elmenhorst, je ne puis plus supporter le séjour de la ville ; ici tout m'oppresse, et je puis à peine respirer... Ah ! partons, maman,

personne ne s'apercevra de notre
absence... Elle aurait voulu monter
en voiture à l'instant même, mais il
falloit au moins en avertir son père. —
Et Adelstan, ma fille, veux-tu partir
sans le revoir? — Oui, ma mère, sans
le revoir.

A la bonne heure, dit Mme d'Elmenhorst, partons, retournons dans
notre retraite : si Adelstan t'aime, il
nous y suivra bientôt, il y reviendra
souvent, et t'aimera toujours davantage ; mais s'il n'y vient pas, si
son cœur ne sent pas le prix du tien...
Natalie, sois tranquille, ton père
n'exigera pas que tu formes un lien
qui ne te rendrait pas heureuse ; il
te donnera ta liberté, et l'ingrat
Adelstan sera bientôt oublié. Natalie
secoua la tête et soupira profondé-

ment, elle sentait que l'oubli n'était pas si facile, que sa liberté ne serait plus le bonheur; et par une contradiction dont elle s'étonnait, et que l'amour seul peut expliquer, elle éprouvait avec une égale force et en même tems, un désir ardent de s'éloigner d'Adelstan, et celui d'être un jour la compagne de sa vie : Je suis si jeune encore, pensait-elle, si timide; si peu formée pour le monde, si fort au-dessous de lui, qu'il n'est pas étonnant que je ne sois pas aimée; mais je veux avec l'aide de maman tâcher d'acquérir tout ce qui me manque; et peut-être quand je serai plus digne du bonheur qui m'attend, son amour sera ma récompense; à présent moins il me verra insignifiante petite fille, c'est le mieux. — Partons, par-

tons, répéta-t-elle vivement. Elle
court dans le cabinet de son père,
et n'a pas de peine à obtenir son
consentement ; il a fiancé sa fille
avec le jeune seigneur le mieux vu
à la cour, le plus à la mode, le plus
riche, et c'est tout ce qu'il demande :
il pense d'après lui-même, qu'après
avoir essayé des plaisirs de la ville,
l'ennui la ramènera bientôt. — Vous
ne la forcerez pas de rester à la
campagne, dit-il à sa femme. —
Rassurez-vous, lui répondit-elle, ce
n'est pas moi qui forcerai jamais à
rien ma chère Natalie. Elles se pla-
cent dans leur voiture, le postillon
donne un coup de fouet ; au moment
même, Adelstan, vêtu avec toute la
recherche et l'élégance possible,
paraît à la porte de la cour ; il salue

les dames avec grâce; Natalie regarde
sa mère, et prend le cordon pour
arrêter, tend la main pour s'en
servir, hésite; pendant ce tems-là
le postillon continue de presser ses
chevaux, et bientôt elles sont hors
des remparts, et bien loin du bel et
froid Adelstan.

Il crut d'abord qu'il n'était question que d'une promenade, et se
félicitait d'avoir évité l'ennui de les
accompagner; mais lorsqu'il apprit
du grand Maréchal que ces dames
retournoient à Elmenhorst, il lui
sembla qu'il retrouvait sa liberté et
qu'il respirait plus librement. C'est
une fantaisie de ma sentimentale
épouse, lui dit le Grand-Maréchal,
elle veut prêcher sa fille toute à son
aise sur ses nouveaux devoirs, et si

vous n'y mettez ordre, mon cher
Adelstan, elle va vous préparer la
plus raisonnable, la plus vertueuse,
et la plus ennuyeuse des compagnes,
mais au moins elle lui donne le goût
de la retraite et c'est assez commode,
Adelstan se trouva trop heureux
d'échapper à sa part des sermons
sur les devoirs du mariage, et re-
prenant le cours de ses dissipations,
il eut bientôt presque oublié son engagement et sa belle épouse.

Au bout de quelques mois, son
futur beau-père vint les lui rappeler en lui proposant une course à
Elmenhorst. Vous serez grondé, lui
dit-il en riant, mais je vous sou-
tiendrai. Adelstan, qui redoutait
des reproches, en proportion de ce
qu'il sentait les mériter, dit au Grand-

Maréchal qu'il était désespéré de ne
pouvoir l'accompagner cette fois à
Elmenhorst, mais qu'il était absolument obligé de se rendre à sa terre
de Forstheim, où l'architecte qui
dirigeait les travaux de construction
dans son château, demandait sa présence. Je vais, lui dit-il, faire ar-
ranger un pavillon délicieux pour y
recevoir la belle Natalie ; il ne faut
pas moins que ce motif pour me
priver du bonheur de lui rendre
mes hommages.

Le baron d'Elmenhorst approuva
cette excuse et se dispensa d'un
voyage qui l'ennuyait autant que son
gendre ; ce qui obligea Adelstan de
partir pour sa terre, ainsi qu'il l'avait
dit, mais il n'était pas fâché d'y passer
quelque tems. Son bâtiment n'était

point un prétexte : un jeune architecte fort à la mode le dirigeait, il
désirait de juger de son talent. Forstheim d'ailleurs avait assez d'attrait
pour lui, c'était un bon pays de
chasse, et le canton de l'Allemagne
où l'on trouvait le plus de jolies
paysannes : toutes les années il y
faisoit un séjour marqué par sa générosité et par les plaisirs et les
fêtes. L'arrivée du jeune et galant
seigneur mettait toutes les passions
en mouvement, la coquetterie des
jeunes filles, la vanité des mamans,
l'avarice des pères, les craintes des
amoureux. Adelstan avait l'art de
tout concilier, de contenter tout le
le monde, et ne partait jamais sans
avoir fait le bonheur de quelques
jeunes couples. Du nombre de ceux

qui désiraient sa présence était le jeune Verner, le fils de son intendant ; il était passionnément amoureux de la jolie Lise, fille du chantre de la paroisse ; mais le chantre était pauvre, et Verner le père, riche et fier comme le sont tous les intendans, ne voulait pas unir son fils à la belle et pauvre Lise. Le chantre intimidé par ses menaces, avait cru prudent d'éloigner sa fille et l'avait menée chez un oncle, dans un autre village, avec l'espoir que l'absence éteindrait l'amour dans le cœur des jeunes gens : elle l'avait au contraire augmenté ; le jeune Verner dépérissait à vue d'œil, et son père craignant de le perdre, avait lui-même prié le chantre de faire revenir sa fille ; il ne s'était point

expliqué positivement sur le mariage,
mais cette prière donnait de grandes
espérances. Si notre seigneur pouvait
arriver, pensait le jeune Verner, je
suis sûr qu'il déciderait mon père à
demander Lise. Que notre seigneur
vienne seulement, disait le chantre
à sa femme, et notre Lise sera bientôt
Mme Verner gros comme le bras.
En attendant, il alla la chercher, et
ramena avec elle une de ses nièces
qui avait une très-belle voix et à
qui il voulait apprendre un peu de
musique.

Ce n'était pas le seul avantage de
Rose (ainsi s'appelait la jeune fille),
elle était belle comme le jour et l'emportait pour la figure sur les plus
jolies filles de Forstheim; elle était
de plus la fille d'un meunier très-

riche qui ne lui refusait rien, en
sorte qu'elle était toujours mise avec
une élégance villageoise qui ajoutait
encore à ses charmes. Quoiqu'elle
fût très-liée avec sa cousine Lise,
nous n'affirmerons pas que cette dernière n'eut pas quelques craintes en
amenant avec elle une compagne
aussi dangereuse : c'était mettre la
constance de son cher Verner à une
terrible épreuve ; mais il n'y succomba point, et Lise eut la satisfaction de voir que la femme véritablement aimée est toujours la plus
belle aux yeux de son amant ; la
charmante Rose ne fut pour Verner
que l'amie et la cousine de sa Lise,
et il résista avec fermeté à son père,
qui lui conseillait et lui ordonnait
même de s'attacher plutôt à la belle

et riche étrangère, le sort destinait à
Rose une plus illustre conquête ;
laissons quelque tems la jeune Natalie
s'affliger de l'indifférence de son
époux, répéter sans cesse à sa mère :
il ne m'aime pas, il ne m'aimera jamais, laissons cette bonne mère préparer doucement le cœur de sa fille
à se détacher de l'ingrat Sigismond,
et suivons celui-ci à Forstheim où
l'amour l'attend pour le ranger sous
son empire.

Les choses en étoient là, quand
Edmond, le jeune architecte, reçut
une lettre du baron d'Adelstan qui
lui annonçait son arrivée ; il en fit
part aux vassaux, et tout fut en
mouvement pour la réception du
seigneur du château. Edmond, qui
avait beaucoup de goût et de talent,

arrangea une fête charmante , et
composa une espèce d'intermède, où
Lise et Rose jouaient les premiers
rôles. Tout réussit à merveille ; le
Baron entendit de loin une musique
champêtre dans les avenues de son
château qui formaient des bosquets ;
une illumination cachée dans les
feuillages, laissait voir de tous côtés,
des groupes de jeunes filles et de
jeunes garçons , tous vêtus de blanc ,
dansant sous les arbres au son de
quelques clarinettes et de flageolets
qu'on n'apercevait pas ; ils ressem-
blaient aux ombres heureuses dans
les Champs - Elysées. Adelstan ne
savait pas si ce n'était point un rêve.
Edmond s'approche , l'aide à descendre de sa chaise de poste , le
conduit dans une cour ombragée

de beaux tilleuls ; dans le fond s'élevait la façade élégante du pavillon
neuf, ornée de lignes de lampions,
et sur le portail on voyait en trans-
parent le chiffre d'Adelstan et de
Natalie. Cette porte s'ouvre, deux
jeunes filles s'avancent, mises comme
deux nymphes de la fable ; leur vê-
tement léger, et dessiné d'après les
beaux modèles de l'antique, marquait leurs formes enchanteresses ;
les cheveux blonds de Lise et les
beaux cheveux noirs de Rose des-
cendaient en boucles jusqu'à leur
ceinture ; elles se tenaient embrassées
d'une main, et de l'autre balançaient
une chaîne des plus belles fleurs.
Il était impossible de voir sans un
vif intérêt ces deux charmantes
figures ; l'émotion du Baron était

extrême; c'était Hébé, c'était Vénus,
l'imagination la plus poétique ne
pouvait pas aller au-delà de la beauté
de Rose. Elles s'avancèrent d'un pas
léger, chantèrent en partie un couplet sur l'arrivée du Baron; ensuite
Rose, avec une voix mélodieuse,
qui l'emportait sur toutes celles
qu'Adelstan eût jamais entendues,
et avec une aimable timidité, qui
l'embellissait encore, chanta seule
le dernier couplet qui faisait allu-
sion au mariage prochain du jeune
seigneur; en le finissant, elle et sa
cousine l'enchaînèrent avec leur guirlande de fleurs, comme un em-
blême du lien qu'il allait former. Où
suis-e? s'écriait Adelstan dans son
ravissement; de quel charme suis je
environné! Filles célestes, êtes-vous

des sylphides , des déesses ? Vous
n'êtes pas , vous ne pouvez être des
mortelles : Lise sourit, Monseigneur,
lui dit-elle , vous êtes au milieu de
vos sujets , qui vous révèrent et
vous aiment. Ne connaissez-vous pas
Lise Bolmar , Monseigneur , dit le
jeune Verner en s'avançant. Elle est
revenue , Dieu soit béni , et belle
comme vous la voyez.

Ah ! oui, c'est la jolie Lise , dit
Adelstan, et cette belle enfant ? je
crois aussi la connaître... cette charmante figure ne m'est pas étrangère,
mais j'ai oublié son nom.

C'est ma cousine Rose Desroches,
Monseigneur : dit Lise, la fille de
mon oncle le meunier Desroches ,
je l'ai ramenée avec moi, pour passer
quelques tems à Forstheim.

Tu as très-bien fait, dit Sigismond, en prenant la main de la belle Rose, —mais où t'ai-je vu, charmante Rose, car je t'ai déjà vue bien sûrement ?

Chez mon père, Monseigneur, lui dit-elle, en rougissant, quand vous chassiez du côté du moulin, vous y êtes entré quelques fois, je me le rappelle aussi très-bien.

Et je n'oublierai plus, je te le promets, lui dit Sigismond avec feu, ni ton nom qui te va si bien, ni tes traits, ni ta délicieuse voix. Il les pria toutes les deux de chanter encore, elles répétèrent les mêmes couplets et les voici :

I.er COUPLET *à deux voix.*

Seigneur, chéri dans ton village,
Tous les vœux hâtaient ton retour,
Nos cœurs te présentent l'hommage
D'un doux respect, d'un tendre amour.
Quand pour nous tu quittes la ville,
Tu vois les heureux que tu fais;
Jouis dans ce séjour tranquille,
De leur bonheur, de tes bienfaits.

II.e COUPLET *Rose seule.*

Chez les grands le bonheur est rare,
Et tout semble les en priver;
Le doux hymen qui se prépare,
Près de toi saura le fixer.
Toujours avec ta Natalie,
Unis par un lien de fleurs,
Jusqu'à la fin de votre vie,
Vous trouverez le vrai bonheur.

EN CHŒUR.

Noble Adelstan, sensible Natalie,
Pour vous l'hymen se couronne de fleurs,
Jusqu'à la fin de la plus longue vie,
      Sachez en goûter les douceurs.

C'est bien dommage, dit Rose, quand elle eut fini, que la fiancée de Monseigneur ne soit pas aussi de la fête.

Tu as raison, dit le Baron, mais je vais choisir parmi ses jeunes beautés celle qui doit représenter ce soir la belle Natalie d'Elmenhorst. Lise, je ne veux pas t'enlever à Verner, il m'en saurait trop mauvais gré : mais ta cousine, la charmante Rose, engage-là, je te prie; d'être pour ce soir ma danseuse et ma fiancée ; elle est étrangère, et de cette manière il n'y aura pas de jalousie ; à moins que votre cœur n'ait déjà fait un choix. Je le croirai, si vous me refusez, ma belle enfant, ajouta-t-il en lui présentant la main. Rose y plaça la sienne en rougissant

et baissant les yeux, et il commença
à walser avec elle, et ne la quitta
plus de la soirée; souvent il l'appelait
sa chère Natalie, et lui disait qu'elle
lui ressemblait beaucoup, à l'exception cependant qu'elle avait les cheveux noirs et le teint plus foncé et
plus animé que Mlle d'Elmenhorst,
qui était blonde, très-blanche, et
assez pâle. Rose était aussi plus grande
et plus élégante, elle dansait avec
grâce, mesure et légéreté; Adelstan
en était enchanté. Aucun des villageois n'osa demander celle qui représentait la fiancée de leur seigneur,
en sorte qu'à l'exception d'une walse
avec Lise, à qui il parla sans cesse de
sa cousine, il dansa ou causa tout le
soir avec elle.

Peu-à-peu elle perdit cette timi-

midité qu'elle avait d'abord, sans
cependant sortir des bornes du respect
et de la plus sévère décence. Il
voulut l'embrasser à la fin d'une danse,
en lui disant qu'en qualité de sa
future elle ne pouvait lui refuser
un baiser; elle le refusa cependant
avec une fermeté et une douceur
qui lui en imposèrent; il n'osa pas
insister, et fatigué de son voyage,
il se retira, emportant avec lui l'i-
mage de Rose, qui se mêla dans se
songes avec celle de Natalie. Il appri
le lendemain de son valet-de-chambre, qu'elle n'avait plus voulu danse
depuis qu'il s'était retiré, et qu'ell
avait quitté la fête bientôt après
et même avant sa cousine; il en fu
singulièrement ému, et pendant so
déjeûné avec Edmond, il ne fu

question que de la belle Rose, dont le jeune architecte paraissait aussi fort enchanté. Je suis persuadé, disait Edmond, que si Rose était vêtue comme la comtesse d'Elmenhorst, elle serait tout aussi belle. Mille fois plus, s'écriait Adelstan, et même dans son costume de village, elle ne trouvera rien qui l'efface; ce corsage noir marque si bien sa belle taille, s'assortit si bien avec la couleur de ses cheveux! J'ai toujours préféré les brunes, ajoutait-il vivement, et sous ce rapport encore, Rose l'emporte mille fois sur Natalie, à qui d'ailleurs elle ressemble extrêmemement, à ce qu'il me semble au moins; j'ai peu regardé la petite d'Elmenhorst.

— En revanche vous avec beau-

coup regardé Rose, dit Edmond
avec une nuance de dépit.

—Je l'avoue, mon cher Edmond;
ainsi que vous, je trouve cette jeune
fille ravissante, et puisque nous
sommes du même avis sur la beauté,
voulez-vous que nous allions ensemble lui faire une visite? Soyons
rivaux de bon accord.

—Rivaux ! monsieur le Baron,
je ne me donnerai pas les airs d'être
le vôtre. Quoique Rose ait représenté
hier votre fiancée, ce n'est pas Rose
qu'il m'est défendu d'aimer, et sûrement elle ne s'attend pas à la visite
de son seigneur, de l'époux de la
comtesse d'Elmenhorst.

—Elle l'aura cependant, je veux
demander à son oncle la musique
de vos couplets; elle est vraiment

charmante, et ferait honneur à un habile compositeur. Il prit Edmond sous le bras, et ils allèrent chez M. Bolman : c'était le nom du chantre. On comprend qu'il fut extrêmement flatté, lorsque le baron, grand connaisseur et musicien lui-même, lui demanda l'air qu'il avait composé pour la fête, et lui dit qu'il voulait le faire connaître à la cour ; il courut au jardin où étaient les deux cousines pour qu'elles vinssent la chanter au clavecin. Il faut aussi, disait-il, que son excellence entende l'accompagnement. Adelstan et Edmond le suivirent et trouvèrent Lise et Rose travaillant ensemble sous un feuillage, dans leurs simples habits villageois, le grand chapeau de paille sur la tête, moins belles

peut-être que la veille, mais cent
fois plus jolies.

Elles se levèrent avec embarras
en voyant entrer le baron : Monseigneur, dirent-elles en baissant
les yeux.

— Vous croyez peut-être que sa
visite est pour vous, petites filles,
dit le chantre : eh bien ! vous vous
trompez, c'est pour moi, c'est ma
musique ; je vous le disais bien qu'il
était charmant mon air, et qu'il
ferait du bruit. Monseigneur veut
le chanter au prince, rien que cela,
mesdemoiselles, et qui sait si la
princesse ne lui fera pas l'honneur
de le chanter elle-même ! je ne sais
ce que je donnerais pour l'entendre.
Allons, venez le chanter en partie,
je vous accompagnerai ; monseigneur

verra ce que c'est, il ne peut s'en
faire une idée.

Adelstan ne songeait plus du tout
au prétexte de sa visite, ses regards
étaient attachés sur Rose; un corset
blanc serré assez négligemment dessinait ses formes charmantes; ses
bras, dont chaque mouvement était
une grâce, n'étaient recouverts que
dans le haut, par une manche de
chemise bouffante; de longues tresses
de cheveux noirs se jouaient autour,
et en faisaient ressortir la blancheur.
Embarrassée des regards ardens du
Baron, elle se détourna et baissa
sur ses yeux son grand chapeau de
paille.

—Allez-vous cueillir un bouquet
pour votre fiancé, belle Rose? lui
dit Edmond.

Tome III.   8

—Rose n'a point de fiancé, M. Edmond; lui répondit-elle, aujourd'hui je ne suis plus Natalie.

—Je venais vous prier de l'être encore, lui dit Adelstan, et de vouloir bien la représenter pendant tout mon séjour ici; ce rôle ne vous engage qu'à recevoir des fleurs, et ma visite le matin, et à danser avec moi quand les jeunes gens danseront; n'y consentez-vous pas? M. Bolman, parlez pour moi, dites à votre nièce de se prêter à cette innocente plaisanterie.

—Allons, Rose, ne fais pas l'enfant, dit le chantre, tu es bien heureuse de représenter une baronne et de danser avec monseigneur.

— Et surtout d'être la nièce d'un aussi bon compositeur, dit Adelstan.

Bolman se rengorgea ; Rose devint comme la fleur dont elle portait le nom.... Eh bien ! vous serez donc ma Natalie quelques jours encore, je vous le demande en grâce, c'est presque comme si j'avais son portrait.

Je voudrais savoir , dit Rose à demi-voix, si Mlle. d'Elmenhorst serait contente qu'une simple paysanne osât la représenter.

— Elle en serait flattée si elle pouvait vous voir. Ne doit-elle pas l'être de ce que je choisis pour me la rappeler la plus jolie personne que j'aie rencontrée , et qui réellement lui ressemble un peu ? Allons, c'est arrangé ; venez ma chère future, dit-il, en passant le joli bras de Rose sous le sien, venez m'enchanter encore par une voix que Natalie envierait si elle pouvait l'entendre.

— Ah! sans doute dit Rose, elle chante bien mieux qu'une pauvre jeune fille qui ne sait rien, qui n'a rien appris,

— Ses talens ne sont pas encore développés, dit Adelstan, et la nature a bien plus fait pour toi, que ne peut faire l'art pour Natalie.

Ils arrivèrent au clavecin de maître Bolman, qui s'y plaça et joua mieux qu'on n'aurait pu l'attendre d'un virtuose de village; il est vrai que les voix réunies des deux jeunes filles, si fraîches, si justes, si harmonieuses, ajoutoient beaucoup au charme de la composition; chaque accent de la voix de Rose pénétrait dans le cœur de Sigismond, il était sous le charme et croyait sentir pour la première fois tout le pouvoir de la musique.

Bolman était presque aussi fier du talent de sa nièce que des siens. « Ce n'est rien encore, disait-il, un joli timbre, de la justesse, un gosier flexible, et voila tout, mais c'est quand j'aurai formé tout cela, qu'il faudra l'entendre, et que Monseigneur sera content de cette petite fille. » — Oh! M.ʳ Bolman je suis déjà enchanté. —

— Vous lui faites bien de l'honneur, Monseigneur.

Il quitta le clavecin et ces Messieurs restérent avec les deux cousines pendant que Bolman mettait au net la copie qui devait être montrée à la cour, et la visite fut longue. En partant, Adelstan réclama encore son droit de futur pour obtenir un baiser de la belle Rose ; elle s'y refusa avec

la même fermeté que la veille ; mais
elle mit de plus une nuance amicale
et sérieuse faite pour imposer au plus
téméraire, et qui eut cet effet sur le
Baron. Il ne pouvait comprendre
d'où lui venait cette timidité, lui si
vif, si entreprenant, qu'il avait or-
dinairement obtenu avant même que
de demander, et surtout avec les
jeunes villageoises ; mais celle-ci
avait dans sa manière une telle décence et une réserve si naturelle,
qu'elle le forçait au respect.

De retour au château, ils ne par-
lèrent que de la charmante Rose :
elle avait dit à Edmond, lorsqu'elle
était arrivée à Forstheim, qu'elle n'y
resterait tout au plus qu'une quinzaine
de jours, et il y en avait déjà huit
qu'elle y était ; il le dit au Baron qui

en parut consterné , il n'avait pas
imaginé qu'elle pût partir avant lui ;
encore quelques jours et peut-être
ne la reverra-t-il jamais. Il fut rêveur
toute la journée , et put à peine se
prêter à examiner avec l'architecte
les réparations que celui-ci avait di-
rigées ; il les regardait d'un air distrait, occupé , sans les approuver ni
les blâmer : lorsqu'on lui montra
l'appartement de la future baronne
d'Adelstan , il soupira en pensant
que là finirait le rôle de la belle
Rose , et que ce n'était pas elle qui
l'occuperait. Edmond le regardait
d'un air étonné , personne cependant
ne devait l'être moins que lui ; s'il
avait cherché au fond de son cœur , il
aurait trouvé la même image, la même
pensée que dans celui d'Adelstan , ou
du moins tout le prouvait.

Le lendemain était la fête de la
Pentecôte, ils résolurent d'aller à
l'église où les jeunes cousines se trou-
veraient sûrement. En sortant le
matin, le Baron fut agréablement
surpris de trouver toute la façade de
son château ornée de guirlandes de
fleurs ; il savait que c'était l'usage
dans ce village de décorer ainsi la
veille de la Pentecôte les maisons
des personnes qui intéressent le plus
vivement. Il admirait le goût et la
grâce de cet arrangement, lorsque
quelques éclats de rire l'attirèrent
dans un cabinet de feuillages ; il y
trouva Lise, Rose et Verner tenant
encore le reste des fleurs ; pour le
coup les deux jeunes filles furent
embrassées avant même qu'elles eus-
sent pu songer à se défendre. Verner

ne put pas être jaloux du baiser donné
à Lise, il ne fut que pour la forme ;
Rose eut le dernier : Adelstan ne put
le poser sur ses lèvres ainsi qu'il en
avait le désir, elle se détourna ; il ne
put qu'effleurer sa joue, mais ce
moment fut plus doux pour lui que
tous les baisers qu'il avait donnés et
reçus en sa vie.

Tu as donc pensé à ton fiancé ce
matin, chère Rose, lui dit-il en lui
serrant la main.

C'était mon devoir, répondit-elle
en souriant ; mais pourquoi *mon
Adelstan* ne me nomme-t-il pas *sa
Natalie*? Je la représente, il doit me
donner ce nom, dit-elle en souriant.

Ton Adelstan ! répéta-t-il avec
passion, ah ! oui, ton Adelstan ; à
toi, à toi seule, ma Rose chérie ; et

il pressa avec ardeur la main qu'il
tenait dans les siennes; il crut sentir
qu'elle était aussi légèrement serrée
par celle de la belle Rose : elle
gardait le silence, mais ce silence
même et son embarras lui disaient
bien des choses. Combien de fois,
avec moins d'encouragement, il avait
obtenu l'aveu positif et la preuve
d'un amour qu'on voulait lui cacher;
à présent aussi ému, aussi déconcerté
que Rose elle-même, il n'ose rien
exprimer parce qu'il sent trop vivement et qu'il craint d'offenser.......
une petite villageoise....... qu'il ne
peut s'empêcher de respecter. Ses
sens, ou la vanité avaient jusqu'alors
été seuls en jeu quand il croyait aimer;
pour la première fois de sa vie un
sentiment vrai remplit son cœur,

l'occupe en entier et le rend timide.
La cloche sonna et les avertit que
le service divin allait commencer ; ils
entrèrent dans le temple. Rose et
Lise se placèrent au milieu de leurs
compagnes, Adelstan dans sa tribune
seigneuriale ; ses yeux ne quittèrent
pas Rose , qui n'y faisait en apparence nulle attention ; elle écoutait
le prédicateur , ou ses yeux étaient
baissés sur son livre de prière. Lorsqu'on chanta les cantiques, sa voix
se fit distinguer par sa brillante
étendue et son harmonie ; Adelstan
croyait être au ciel ; pour la première fois de sa vie aussi, il aurait
voulu que le service se prolongeât,
et prier avec Rose , chanter avec
Rose , Rose enflammait son cœur
d'une dévotion qu'il ne connoissait

point encore. En sortant de l'église,
il les joignit de nouveau, et dit à
Lise qu'elle devrait conduire l'après-
dîner sa cousine dans les beaux
jardins du comte de Salm, dont la
terre touchait à la sienne ; ils étaient
célèbres par les ornemens, les grottes,
les fabriques et les jets d'eau. La proposition n'était pas désintéressée ; il
avait promis à la comtesse de Salm
de dîner chez elle ; il voulait par ce
moyen se donner l'espérance de revoir Rose pendant cette journée,
qu'il regardait comme perdue. On
s'était réjoui au château de Salm de
voir le gai, le brillant Adelstan, de
l'entendre parler de la ville, de la
cour, des plaisirs, avec cette légèreté,
cette grâce qui le caractérisaient et
en faisaient un convive très-agréable ;

mais cette fois leur attente fut trompée; sérieux, distrait, répondant à peine aux questions qu'on lui faisait, il ne pensait qu'à l'espoir de s'échapper en sortant de table et de trouver sa belle Rose dans le parc de son ami. Chacun fut frappé de son changement, on en fit honneur à sa jolie future; on le plaisanta, on lui assura qu'il fallait, ou qu'il fût passionnément amoureux d'elle, ou au désespoir de se marier; qu'il n'avait qu'à choisir entre ces deux alternatives. Quelques jeunes gens prétendirent qu'il était déjà sous la férule de sa rigoureuse et sentimentale belle-mère, et qu'elle l'avait déjà rendu raisonnable. Mais on eut beau faire, on ne put parvenir à l'égayer, il ne songeait qu'à Rose, et le reste de l'univers était nul pour lui.

Après le repas, la compagnie se
répandit dans les jardins. Le baron
recherchait tous les sites qui ordi-
nairement attirent la curiosité des
campagnards, il espérait y trouver
les jolies cousines; pendant long-
tems il les chercha inutilement;
enfin il vit sortir d'une grotte, d'abord
les parens de Lise, puis Lise elle-
même avec son Verner, puis enfin
Rose, qui parut la dernière avec
un air assez rêveur, et regardant
aussi de tous côtés. Adelstan courut
à elle, lui offrit son bras, et lorsqu'ils furent tous les deux un peu
revenus de l'émotion que leur avait
causée cette rencontre, il lui parla
des différentes beautés du parc, et
fut surpris de son bon goût et de
la justesse de ses observations, expri-

mées cependant avec une naïveté villageoise qui les rendait encore plus piquantes. Ce fut avec un vrai chagrin qu'il vit s'approcher d'eux quelques personnes de la compagnie du château; il aurait voulu pouvoir dérober Rose à tous les regards, et se repentait mortellement de l'avoir engagée à venir; il redoutait pour elle l'admiration familière des jeunes hommes, l'air de hauteur des femmes; il se rappelait qu'en pareille occasion lui-même avait souvent donné l'exemple de ce ton léger avec les jeunes et jolies paysannes; il sentait qu'il lui serait impossible de supporter que Rose ne fût pas traitée avec respect. Son trouble se peignait sur sa physionomie, Rose retira son bras; le pria d'aller rejoindre ses amis, et

s'appuyant sur sa cousine, elle l'entraîna en courant d'un autre côté;
Adelstan en fut quitte pour quelques
plaisanteries sur les jolies nymphes
bocagères qu'il avait rencontrées,
et qui le fuyaient si rapidement.

C'était un antique usage à Forstheim
de donner une fête le troisième
jour après la Pentecôte; des jeunes
filles se disputaient le prix de la
course, et les jeunes garçons celui
de l'arc. Lorsque le seigneur y était,
c'était lui qui distribuait les prix,
et toute la noblesse du voisinage y
était invitée. On ne voulut pas
manquer cette occasion de s'amuser,
et l'on pria le Baron de rendre la
fête de cette année aussi brillante
qu'il lui serait possible, en l'honneur
de son prochain mariage. Il ne put

s'y refuser, mais ses craintes sur
Rose recommencèrent; il avait cependant aussi le désir de la voir se
distinguer et briller à la course, à
la danse, et d'avoir peut-être à la
couronner comme la reine de la
fête : il revint plus tôt chez lui pour
en faire les préparatifs avec le jeune
architecte.

Adelstan ne le trouva pas au château, et l'envoya chercher; Edmond
se fit attendre, et en entrant chez
le Baron il s'excusa sur la peine
qu'il avait eue à s'arracher de chez
Bolman et à quitter la belle Rose,
qu'il avait laissée avec bien du regret.
Personne ne doit mieux que vous
me comprendre et me pardonner,
M. le Baron; à ma place vous auriez
fait comme moi. Adelstan fut obligé

d'en convenir, ainsi que de sa jalousie ; il trouvait Edmond trop
heureux d'avoir passé ainsi quelques
heures avec Rose, et il aurait bien
voulu en effet être à sa place.

Le jour suivant il ne vit point
Rose : au moment où il allait sortir
pour l'inviter lui-même à la fête du
lendemain, plusieurs visites du voisinage arrivèrent ; à peine put-il
prendre sur lui de les recevoir avec
politesse et de dissimuler sa mauvaise humeur ; mais ne voulânt pas
au moins qu'Edmond fut plus heureux
que lui, il le pria de rester et d'expliquer aux visiteurs ses plans d'ar-
chitecture pour le nouveau pavillon
qu'il faisait élever ; il s'aperçut bien
que le jeune homme en était fort
contrarié, mais il l'était lui-même

bien plus encore. Les importuns s'aperçoivent rarement de l'importunité qu'ils causent; ceux-ci restèrent si tard, qu'il fut impossible de penser à voir Rose; il fallut renvoyer au lendemain, et la peur de quelque obstacle fit qu'il y alla dès qu'il fut levé. Il eut le bonheur de la trouver seule dans le jardin; elle était assise sous un arbre, ses deux mains jointes et ses yeux élevés au ciel; elle paraissait faire sa dévotion du matin. Il l'observa long-tems sans être aperçu; au bout de quelques instans elle plia les genoux et articula à demi-voix sa prière; Adelstan crut entendre prononcer son nom. Emu, transporté, il s'approcha de l'ange qui semblait intercéder pour lui, et lui adressa la parole.

Pour qui donc priez-vous si ar-
demment? chère Rose, lui dit-il en
saisissant une de ses mains. Effrayée,
interdite, elle se leva et retira sa
main en rougissant. Ah! si tu voulais
prier aussi pour moi, continua-t-il,
j'ai tant de choses à demander au
ciel, et les prières d'un ange innocent et pur comme toi, doivent
être exaucées.

Rose avait les yeux baissés, elle
les releva, et le regardant avec sé-
rénité, elle lui dit : Pourquoi,
monsieur, ne vous avouerai-je pas
la vérité? dans ce moment je priais
pour vous.

Adelstan ne put s'empêcher de la
serrer dans ses bras : Tu souhaites
donc mon bonheur? lui dit-il à
demi-voix.

De tout mon cœur, répondit-elle, vivement émue; je ne souhaite rien plus au monde que de vous voir heureux avec votre fiancée, et je priais aussi pour elle.

A ce mot, les douces illusions d'Adelstan s'évanouirent; dans ce moment Natalie était bien loin de sa pensée; il ne voyait que Rose, il n'attendait de bonheur que d'elle, et il eut du dépit de ce que c'était elle qui lui rappelait sa future épouse.

Tu ne connais pas Mlle d'Elmenhorst, lui dit-il, comment peux-tu prier pour elle ?

— Comme je prie pour vous; elle doit être votre compagne, puis-je former pour vous quelques vœux qu'elle ne partage pas; puisque c'est d'elle que vous tiendrez le bonheur ? deux cœurs unis n'en font qu'un.

Oui, fille charmante, s'écria le baron en s'approchant tout près d'elle, oui, tu dis vrai, deux cœurs unis n'en font qu'un, et l'amour seul peut rendre heureux...... Mais nous autres gens de cour, nous ne nous marions pas par amour.

—Il est donc bien inutile que je prie pour votre bonheur, car bien certainement vous ne pouvez pas être heureux, puisque vous n'aimez pas.

—Ah ! Rose, Rose, nous aimons aussi, nous aimons passionnément.

—Je ne vous entends pas, Monsieur, qui donc aimez-vous ?

Toi, Rose, allait-il dire, mais le maintien de cette jeune fille avait quelque chose de si pur, de si can-

dide, tout respirait en elle une
telle vertu, une telle innocence,
que cet aveu resta suspendu sur ses
lèvres, et qu'il n'osa l'articuler : Nous
aimons, dit-il seulement, ce que
notre cœur nous ordonne d'aimer,
celle vers qui on se sent irrésisti-
blement entraîné, et rarement, très-
rarement c'est la personne avec qui
nous sommes forcés de nous unir,
et que nous connaissons à peine.

— Ah ! mon Dieu, que les femmes
de condition sont malheureuses !
dit Rose d'un air touché ; que je
les plains !

— Plusieurs d'entr'elles font comme
nous, elles aiment ailleurs.

— Est-ce que votre future fera
de même ?

— J'en doute, elle est trop sévè-

rement élevée, sa mère ne la perd
pas de vue un instant. Mais, de
grâce, laissons-la pour le moment;
parlons de toi, chère Rose : tu dis
que l'amour est le premier des bonheurs, qui est-ce qui te l'a appris?
tu as donc un amoureux?

—Non, hélas! non, je vous le
jure, dit-elle avec embarras.

—Et cependant tu connais si
bien l'amour; d'un seul mot tu viens
de le définir. C'est, m'as-tu dit, l'union
de deux cœurs qui n'en font qu'un;
c'est l'unique moyen de bonheur;
n'as-tu pas dit ainsi, Rose? Je te le
demande encore, qui t'a appris à le
connaître si bien?

—Lise et Werner, dit-elle en
souriant; et s'échappant avec la légèreté d'un oiseau, elle courut les

joindre, à la porte du jardin, où ils entraient.

Adelstan la suivit; il invita les deux cousines pour les courses de l'après-midi et pour la collation au château, et rentra chez lui dans un trouble inconcevable.

Il s'enfonça seul dans son parc, et réfléchit sur sa situation; il ne put se dissimuler à lui-même qu'il était passionnément amoureux de la charmante villageoise, et que ce sentiment n'avait aucun rapport avec tout ce qu'il avait éprouvé jusqu'alors: au désir ardent de la posséder, de passer sa vie entière avec elle, se joignait tout aussi vivement une crainte extrême de la rendre malheureuse, et l'horreur d'abuser de l'ascendant qu'il prenait sur elle, pour

Tome III. 9

l'entraîner à sa perte ; il voyait,
il sentait qu'elle l'aimait aussi en
dépit d'elle-même, et il ne savait
s'il devait s'en réjouir ou s'en affliger.
Son propre cœur, ses désirs, ses
espérances, étaient une énigme pour
lui ; il ne savait ce qu'il devait sou-
haiter. Le plus sage aurait été sans
doute de s'éloigner de cet objet si
dangereux ; mais c'était déjà trop
tard, il n'avait plus la force de quitter
Rose ; il lui semblait que le jour
où il se séparerait d'elle, serait le
dernier de sa vie. Il rentra fatigué
de ses pensées, n'ayant rien conclu,
rien décidé sur son sort, et uniquement occupé de celle qu'il aurait dû
oublier, et oubliant celle qui aurait
dû l'occuper.

Pendant le dîner, Edmond, le

jeune architecte, ne parla que de
Rose ; on aurait dit que son ame
était le miroir de celle d'Adelstan ;
il parla avec enthousiasme de sa figure,
de ses grâces ; il pariait qu'elle rem-
porterait le prix de la course : sa
taille est si svelte, sa démarche si
légère ! il croyait la voir effleurer à
peine l'arène, et, comme un oiseau,
devancer ces compagnes. Le baron
feignait d'en douter, mais seulement
pour être contredit, et pour prolonger l'entretien sur le seul objet
qui pût fixer son attention ; mais à
la fin Edmond mit une telle vivacité
dans ses éloges, qu'Adelstan prit de
l'humeur, et se leva brusquement
en lui imposant silence.

Peu après, les équipages des châ-
teaux voisins se firent entendre dans

les cours, et lorsque la société fut
arrivée on se rendit à la place dé-
signée pour la course, où les jeunes
villageoises étaient déjà rassemblées.
Rose brillait au milieu d'elles et
attira l'attention générale par sa figure
distinguée et par son joli costume.
Sa jupe était d'uneé toffe assez fine
de laine noire, bordée de rubans
rouges ; elle atteignait le plus joli
pied du monde renfermé dans un
soulier noir très-léger, rattaché en
sandales avec des rubans rouges,
autour d'une jambe remarquable par
sa finesse. Un corsage noir serrait
sa taille, il était lacé devant avec
une tresse d'argent sur un fond
écarlate ; un beau bouquet, envoyé par Adelstan, le décorait
encore. Sa chemise de toile, très-

finé et toute plissée, remontait jusqu'au cou, où elle était garnie d'une
double fraise de dentelles. Un joli
chapeau de paille orné de rubans
rouges, et placé un peu en arrière,
laissait voir son beau visage, et ses
cheveux bruns qui retombaient sur son
front. Elle l'emportait sur toutes les
jeunes filles, mais elle était si bonne,
si amicale, que fort peu d'entr'elles
éprouvaient de l'envie; elles étaient,
au contraire, fières d'avoir une aussi
belle compagne, et se disaient l'une
à l'autre avec un air de satisfaction :
Rose est bien la plus jolie. Verner
seul assurait que c'était Lise, qui
était aussi fort bien. Son mariage
avait été décidé le matin, et le
bonheur l'embellissait. Adelstan avait
voulu la doter, mais le jeune Verner

l'avait absolument refusé ; jusqu'alors on souriait quand le jeune seigneur dotait une jolie fille , et ce sourire aurait déplu à Verner puisqu'il était question de Lise. Sa délicatesse eut sa récompense; une marraine de Lise avait appris son inclination, levé les obstacles , et la dot qu'elle donna à Lise ne coûta rien à sa réputation et satisfit l'avare intendant.

La course commença. Rose , légère comme le zéphire , semblait toucher à peine la terre ; le cœur d'Adelstan la suivait encore lorsque ses yeux l'eurent perdue de vue , et bientôt après le nom de *Rose*, répété de tous côtés avec le cri de victoire, lui apprit que c'était elle qui l'avait remporté. Le prix était une couronne de fleurs, que le seigneur posait sur la tête de la jeune Atalante, et une belle pièce d'étoffe de soie ; des mouchoirs et des rubans étaient destinés à celles qui avaient le plus approché du but.

Rose fut ramenée en triomphe au milieu des acclamations auprès d'un trône de mousse orné de fleurs, où on devait placer la reine de la fête. Adelstan tenait déjà la couronne, et son cœur battait en pensant qu'il la poserait sur la tête charmante de Rose, sur ses beaux cheveux bruns, dont il voulait lui demander une boucle en récompense. Il la voit s'approcher, et son émotion redouble ; elle tenait d'une main une jeune paysanne de quatorze à quinze ans, l'une des plus pauvres du village, qui n'avait rien de remarquable qu'un

air d'innocence et de gaîté, et qui
sachant courir comme on court à
quatorze ans, avait été le plus près
du but après Rose ; celle ci tenait
dans l'autre main son beau bouquet,
que la vitesse de la course avait dé-
taché de son sein. Voilà , dit-elle en
présentant à Adelstan la pauvre petite Mariette, toute rouge et confuse :
voilà celle que vous devez couronner ;
un instant elle m'avait presque dé-
vancée , et bien certainement elle
serait arrivée avant moi, mais mon
bouquet est malheureusement tombé
à ses pieds ; il a arrêté sa course,
peu s'en faut qu'il ne l'ait fait tomber ;
vous voyez comme les fleurs sont
fanées, et pendant ce tems là, moi
qui n'avais nul empêchement , je
suis arrivée au but une minute au

plus avant elle ; mais je ne puis prendre avantage d'un accident dont je suis la cause : je déclare que Mariette est la reine de la fête, et que le prix lui appartient. Tout le monde aurait voulu voir la belle Rose sur le trône de mousse, avec la couronne de fleurs ; les jeunes filles n'étaient point jalouses de l'é- trangère, et plusieurs l'étaient de la petite Mariette, qui dans sa joie ne cessait de baiser le bras et la main de Rose. On proposa de lui donner la pièce d'étoffe et de cou- ronner Rose. Un cri d'acclamation le demanda. Adelstan insista ; elle fut ferme dans son refus, et con- sentit seulement de s'asseoir à côté de la petite reine, qui, toute hon- teuse de l'être, n'osait pas se placer seule sur le trône. Rose lui ôta son chapeau, et Adelstan posa la couronne sur la tête de la petite paysanne un peu à contre-cœur; il dit ensuite à Rose : Vous m'avez privé du plaisir que j'aurais eu à vous couronner, vous me devez un dédommagement, et je vous en dois un pour le prix que vous avez cédé et qui vous était dû. Chère Rose, ne me refusez pas cette marque de souvenir. Il ôta l'agrafe de sa chemise, c'était un camée représentant un petit chien avec le mot *fidélité* gravé autour. Rose la prit en rougissant, et la cacha dans les plis de son mouchoir.

Les jeunes garçons du village s'exercèrent ensuite à l'arc; puis il y eut un bal champêtre où toute

la société prit part. La petite reine
ne dansait pas assez bien pour ouvrir
le bal avec le baron, comme c'était
l'usage : ce fut Rose qui prit sa place,
et qui dansa avec tant de grâce,
qu'elle excita généralement l'admiration et l'envie. Les jeunes baron-
nes ne furent point fâchées quand,
après quelques danses, la noblesse
se sépara des villageois et vint continuer le bal dans un salon riche-
ment décoré : Adelstan fut obligé
de les suivre, mais ce fut avec bien
du regret ; il vit Edmond qui se
glissait au bal champêtre, et il aurait
bien voulu oser en faire autant ;
mais au bout de quelques momens
il eut le plaisir de voir Rose au milieu
d'un groupe de spectateurs au bas
de la salle ; elle avait les yeux fixés

sur lui, et il ne regarda plus qu'elle.
Lise, Verner, Edmond, vinrent
tour-à-tour la presser de retourner à
la danse, mais elle les refusa et resta
dans la salle, comme spectatrice
jusqu'à la fin du bal : alors Adelstan
s'approcha d'elle : Combien je vous
remercie, Rose, lui dit-il, d'être
restée ici ! il m'aurait été bien cruel
de penser que vous dansiez là bas,
et que je ne pouvais danser avec
vous.

— Ah! lui répondit-elle avec un
ton d'amitié naïve qui l'enchantà,
j'aimais bien mieux vous voir danser
que de danser moi-même. Tout le
monde se retira; le baron resta seul
avec l'architecte, qui était extrêmement triste et distrait. Adelstan le
pressa de lui en dire la raison. Ed-

mond, avec beaucoup d'embarras, lui avoua que Mlle Rose l'avait vivement blessé, en refusant de danser avec lui, et en quittant même la danse avec l'air de l'éviter.

— Vous aimez donc beaucoup cette jeune fille? dit Adelstan.

— Passionnément, je l'avoue; au point même que je pourrais me résoudre à l'épouser si j'avais l'espérance d'être aimé, mais elle ne m'en donne aucune, et me traite avec une rigueur extrême.

— Peut-être est-ce une ruse pour vous attirer?

— Non, non, Rose n'est point coquette. Cependant cette idée me donne un peu d'espoir. Il quitta le baron, et le laissa avec l'espoir aussi d'être aimé; mais à quoi lui servait il ? il n'osait s'avouer à lui-même ce qu'il ferait de l'amour de Rose, mais cette seule idée, *je suis aimé*, le rendait plus heureux qu'il ne l'avait été de sa vie. Il la vit à peu près tous les jours, peu d'instans, il est vrai, mais assez pour s'enflammer tous les jours davantage. Elle avait une retenue extrême avec Edmond, à peine répondait - elle à tout ce qu'il lui disait de flatteur ; elle évitait toutes les occasions d'être avec lui, et témoignait, au contraire, au Baron tant d'égards et d'amitié, un respect si tendre, tant de plaisir à le voir, qu'il ne lui fut plus possible de douter de ses sentimens. Ah ! pensait-il avec ravissement, c'est peut-être la première femme qui m'ait aimé sincérement,

et cependant il résistait encore à lui
faire un aveu, qui peut-être effarou-
cherait sa vertu, car il ne pouvait
même prononcer le mot de mariage
avec elle. Ce fut Edmond qui en
amena le moment; il revint un soir
de chez le chantre dans une grande
émotion. Mon sort dépend de vous,
M. le baron, dit-il en entrant et tombant presque aux pieds d'Adelstan.

— De moi, mon cher Edmond !
que voulez-vous dire? expliquez-vous.

— Je viens d'offrir à Rose mon
cœur et ma main.

— Dieu ! les a-t-elle acceptés ?

— Non pas précisément , mais
elle ne m'a pas ôté toute espérance:
Je consulterai le baron d'Adelstan,
m'a-t-elle dit avec un ton sérieux, et
je ferai ce qu'il me conseillera; je

suis reconnaissante comme je dois l'être, et je vous assure de ma sincère estime.

— De son estime, quel mot glacé, et vous pouvez vous en contenter?

— Rose est si modeste, peut-être n'ose-t-elle pas exprimer ce qu'elle sent; cette estime doit la conduire à l'amitié, et l'amitié à l'amour. Qui l'aimera jamais comme je l'aime! Je veux en faire ma compagne, quoi qu'elle ne soit qu'une villageoise. M. le baron, si vous daignez lui parler pour moi, je serai, je l'espère, le plus heureux des hommes.

— Parler pour vous, Edmond! et si moi-même j'aimais Rose, si je l'aimais comme vous?

— Comme moi! c'est impossible : vous ne pouvez pas comme moi lui

offrir votre main , et Rose a trop de
vertu pour qu'on puisse l'obtenir au-
trément. Plus vous l'aimez, M. le
baron , et plus j'ose espérer votre
intercession.

Adelstan rougit, il sentit le reproche que lui adressait l'architecte ;
mais , tâchant de se remettre, je ne
veux pas, lui dit-il, être en votre
chemin , mais dispensez-moi d'intercéder pour vous.

— J'ai prévenu Rose que je vous
demanderais cette faveur.

— Et que vous a-t-elle répondu?

— Elle était confuse, mais elle a
répété qu'elle voulait elle - même
vous demander votre avis.

— Je ne vous promets rien , Edmond , nous verrons demain.

Ils se séparèrent pour la nuit, et

ne fermèrent pas l'œil ni l'un ni l'autre ; Adelstan ne savait à quoi se
résoudre, l'amour et la raison se
livraient un violent combat dans son
cœur. Enfin la raison l'emporta, il
se promit de plaider pour Edmond.
Ce jeune homme était bien né ; sa
fortune déjà très-honnête devait
s'augmenter par son talent, dans lequel il se distinguait ; cet établisse-
ment était à tous égards très-avan-
tageux pour la fille d'un meunier,
qui méritait tout par elle-même,
mais qui par sa naissance obscure ne
pouvait prétendre à rien. Et lui que
pouvait-il lui offrir ? Sa main était
engagée, et quand il eût été libre,
oserait-il, pourrait-il braver à ce
point tous les préjugés ? d'un autre
côté, pouvait-il, oserait-il demander

à Rose le sacrifice de son honneur, de sa réputation, d'un mariage convenable ? Mais, si elle n'aime pas Edmond, et si elle t'aime, lui disait l'amour, exigeras-tu d'elle de former un lien qui la rendrait malheureuse, et de repousser celui qui peut la rendre heureuse, quoiqu'il ne soit pas sanctionné par les lois de l'église ?

Dès qu'il fut levé, il sortit par une porte de derrière et se glissa dans le jardin du chantre; il savait que Rose avait l'habitude d'y venir tous les matins faire sa première prière; elle lui avait dit qu'elle se sentait plus de dévotion quand elle adorait Dieu en plein air, au milieu de ses œuvres. En effet il la vit de loin à genoux devant le même banc où il l'avait déjà entretenue; cette fois ses regards n'étaient pas fixés vers les cieux, son mouchoir couvrait ses yeux, et quand elle se releva, elle les essuya à plusieurs reprises; puis elle s'assit avec un air triste et pensif ; alors il s'approcha et se plaça près d'elle.

Priais-tu encore pour moi, chère Rose? lui dit-il, mais je crois qu'aujourd'hui c'est pour toi-même. Tu as pleuré, Rose, qu'est-ce qui peut te chagriner ?

— Il faut que je parte d'ici, monsieur, je vais retourner au moulin des Roches, et..... je regrette beaucoup, beaucoup ma cousine Lise,.... Verner.... et....

— Et l'heureux Edmond peut-être? mais vous ne serez pas long-temps séparés; il vous aime avec passion, Rose, peut-on vous aimer autrement? et il veut unir son sort au vôtre, il veut vous épouser.

— J'ai peine à croire qu'il le veuille sérieusement; un homme comme lui ne voudrait pas d'une simple villageoise; qu'est-ce qu'il ferait de moi à la ville? Jamais je ne pourrois m'accoutumer à ce genre de vie et à un état si fort au-dessus du mien.

— Ta beauté et ton amabilité honoreraient tous les états, dit le baron vivement; l'architecte Edmond serait trop heureux d'obtenir ta main; c'est très-sérieusement qu'il la demande et qu'il m'a chargé d'intercéder pour lui.

— Désirez-vous que je l'épouse? demanda Rose avec un profond soupir, en levant sur lui ses beaux yeux mouillés de larmes.

Alors Adelstan ne fut plus le maître de lui-même, il crut lire dans ce regard si tendre et si doux, tout ce qu'elle sentait pour lui ; il saisit sa main, la pressa contre sa poitrine en s'écriant : moi désirer que tu donnes à un autre ta main et ton cœur ! Rose, Rose, peux-tu le croire ? Ce cœur m'appartient, je le mérite par l'excès de mon amour ; non, non, nul autre que moi ne doit le posséder.

— Nul autre, répéta Rose à demivoix et fondant en larmes. Elle cacha son trouble et sa rougeur sur l'épaule d'Adelstan.

Il était au comble du bonheur et du ravissement : tu m'aimes, tu m'aimes, ô délice inexprimable ! et il pressait sur son cœur, sur ses lèvres la main de Rose. Confuse de l'aveu

qui lui était échappé , elle gardait le
silence , mais elle laissait sa main dans
celle de son amant, elle restait ap-
puyée contre lui, et serrait aussi une
des mains d'Adelstan sur son cœur.
Il ne désirait rien de plus , et s'il avait
pu réfléchir, il se serait demandé si
c'était bien Adelstan qui, dans les
bras d'une jeune et jolie femme,
d'une simple villageoise se contente
de sentir qu'il est aimé, et se trouve
par cela seulement le plus heureux
des mortels. Il oubliait Natalie, Edmond, sa baronnie, ses seize quar-
tiers, et n'était plus que l'amant aimé
de la belle Rose ; elle oubliait aussi
son moulin, ses parens, sa résolution
de s'éloigner, et sentait qu'elle adorait Adelstan, lorsque l'arrivée subite
d'Edmond vint les tirer de cette es-

pèce de délire : ils étaient placés de manière qu'il ne put les voir. Rose se leva avec précipitation dès qu'elle l'aperçut, et s'échappa à travers les arbres ; Adelstan aurait bien voulu aussi l'éviter, mais il n'y eut pas moyen ; l'impatient Edmond vint au-devant de lui, il voulait connaître son sort, et il apprit bientôt qu'il n'avait rien à espérer. Le trouble du baron, l'air de bonheur répandu sur tous ses traits, fit soupçonner la vérité au jeune homme ; il vit clairement qu'Adelstan avait parlé pour lui-même, et qu'il n'était pas traité aussi cruellement que lui. La perte de la bonne opinion qu'il avait de Rose lui fut encore plus sensible que celle de ses espérances ; il voyait avec une extrême douleur cette aimable jeune fille, qu'il avait cru jusqu'alors si modeste et si vertueuse, préférer une passion déréglée, qui ne pouvait avoir un but honnête, à ses vues légitimes. Il lui était impossible d'être témoin de son déshonneur, et tout de suite il demanda au baron la permission de partir, et ne lui cacha pas les motifs qu'il avait de s'éloigner. Je ne pense plus à Rose puisqu'elle ne peut pas m'aimer, lui dit-il, mais si j'ai deviné juste, je la plains de toute mon ame, et je vous plains aussi, monsieur, vous vous préparez des remords bien cruels.

Adelstan rougit, se défendit, assura Edmond qu'il n'avait aucune intention d'abuser du penchant de Rose, mais en même tems il consentit avec une joie secrète au départ de son

rival. Edmond qui avait résolu de se
mettre en route dès le lendemain,
voulait le même soir prendre congé
de Rose, et tâcher de l'arrêter sur
le bord du précipice où il la voyait
près de tomber. Il eut en effet avec
elle un moment d'entretien, où elle
acheva de lui ôter tout espoir pour
lui-même, en lui confiant son amour
pour le Baron ; mais il la quitta plus
rassuré sur elle, certain de son amitié,
de son estime, et se décida, à ce
qu'il dit au baron, à voyager, pour
effacer par une longue absence l'impression qu'elle avait faite sur son
cœur.

Débarrassé de ce surveillant im-
portun, Adelstan espéra de voir
plus librement Rose et de l'engager
à différer son départ. Lise, toute

occupée des préparatifs de son mariage, la laissait souvent seule. Pendant le jour elle ne quittait point
sa tante, qui était malade, et ne
sortait pas de sa chambre; mais le
matin, avant que celle-ci fût réveillée, Rose faisait sa promenade
ordinaire dans le jardin, et Adelstan
ne manquait pas de s'y trouver.
Peu-à-peu l'innocente fille se fami-
liarisa avec l'idée d'un amour partagé, qui ne coûtait rien à sa vertu,
car le Baron était encore aussi res-
pectueux que tendre; il aimait trop
véritablement pour ne pas craindre
d'offenser ou d'alarmer l'objet de son
adoration, mais il espérait bien cependant obtenir une fois de sa tendresse de
se donner entièrement à lui. Ah! Rose,
lui dit-il un matin, tu ressembles

si fort à Natalie, pourquoi n'es-tu pas en effet Natalie d'Elmenhorst? avec quel transport je tiendrais mes engagemens ?

Natalie ! s'écria-t-elle ; oh mon Dieu ! je l'avais oubliée. Hélas ! non, je ne suis pas cette heureuse Natalie, vous me le rappelez. Je ne veux plus rester ici, et vous, monsieur, vous devez retourner auprès d'elle ; Rose à son tour doit être oubliée, et vous ne la reverrez jamais. Adieu, cher Adelstan, soyez heureux, je prierai Dieu tous les jours pour votre bonheur et pour celui de votre Natalie. (Elle se leva et voulu s'éloigner.)

—Mon bonheur, dis-tu, il n'en est point pour moi sans Rose ; ne t'éloignes pas de moi si tu veux que je vive, Rose, je te demande à genoux de rester quelques jours encore.

— Quelques jours; et qu'en arrivera-t-il? ne faudra-t-il pas toujours nous séparer?

— Non, non jamais, si tu le veux, Rose, écoute l'amour, écoute celui qui t'adore; je ne veux point épouser Natalie; elle me connaît à peine, et ne peut me regretter. Libre alors de vivre où je voudrai, je me fixerai ici. Je te donnerai ma parole de ne jamais me marier, je formerai avec toi ce qu'on appelle un mariage de conscience; tu vivras au château comme la gouvernante de ma maison, mais tu y seras la maîtresse absolue, et de tout ce que je possède, et de moi-même. Dis, Rose, que tu

consens à me rendre le plus heureux
des hommes, et dès demain Natalie
d'Elmenhorst n'aura plus aucun droit
sur moi, je serai tout à ma Rose.

Elle avait jusqu'alors écouté en
silence, sans avoir l'air de comprendre quelle espèce de liaison il lui
proposait.

Un mariage de conscience ! dit-elle enfin, lorsqu'il eut cessé de
parler ; je ne comprends pas trop
ce que c'est, mais ma conscience à
moi me dit que je ne puis l'accepter. Dieu connaît mon cœur, il
sait combien je vous aime, et que
ce cœur sera déchiré en me séparant de vous ; mais je suis sûre que
je causerais la mort de ma mère,
si je consentais à ce que vous me
proposez. Vivre avec vous sans être

votre femme ! Non , non jamais ,
plutôt mourir que d'avoir à rougir
devant Dieu, devant vous, devant
moi-même ! Plutôt mourir que d'affliger mes bons parens ! et plus que jamais
je sens qu'il faut que je m'éloigne.

Adelstan s'était bien attendu à
beaucoup de résistance , et ne se
laissa point décourager; il employa
toute l'éloquence de l'amour. Rose
fut attendrie , mais inflexible ; elle
répéta qu'elle voulait partir, s'éloigner de lui , et qu'il devait tâcher
de l'oublier et de tenir ses engagemens avec Natalie : tout ce que je
puis faire, lui dit-elle , est de vous
promettre de ne jamais me marier,
et cela ne m'est pas difficile, car jamais
je n'en aimerai d'autre que vous.
Mais ne m'avez-vous pas dit et ré-

-pété que les gens de votre rang n'avaient pas besoin d'amour pour se marier ?

—Quand je te disais cela, Rose, je ne connaissais pas encore le véritable amour; depuis que j'ai senti combien je t'aimais, il me serait impossible d'épouser une autre que toi. Si un préjugé que je ne puis vaincre me défend de t'offrir ma main, un sentiment bien plus puissant encore m'empêche de la donner à une autre femme, et je suis décidé, malgré tes refus, à rompre avec Natalie; je ne veux ni la tromper, ni la rendre malheureuse : votre fausse ressemblance me rappellerait sans cesse ma Rose, et me rendrait trop infortuné.

Pauvre Natalie ! dit Rose en sou-

pirant, j'ai troublé son bonheur sans
faire le mien. Plût au ciel, Adelstan,
que jamais nous ne nous fussions
rencontrés ! mais vous m'oublierez
bientôt dans le fracas du monde,
et vous pourrez alors vous unir à
Natalie. Laissez-moi partir, demain
je retournerai chez ma mère, je lui
confierai ma folie, elle aura pitié
de moi, et mes larmes couleront
avec moins d'amertume dans son
sein maternel. En disant cela elle
s'éloigna précipitamment. Adelstan
courut après elle en la conjurant de
le revoir encore au moins une fois.

—Eh bien ! demain pour la dernière fois, lui cria-t-elle.

Adelstan ne se coucha pas même
cette nuit-là, il la passa à se promener dans sa chambre; combattu

par des sentimens opposés qui l'en-
traînaient avec une égale violence,
il voulait offrir sa main à Rose, mais
le mépris de tous ses parens, de
-toute la noblesse l'effrayait et le
retenait. Il prit enfin la résolution
définitive de l'épouser dans toutes
les formes, mais en secret, s'il ne
pouvait la gagner autrement. Dans
sa dernière entrevue il renouvela
sa proposition de la veille, en lui
offrant une promesse de mariage
dans le cas où elle deviendrait mère.
Tout fut inutile ; elle mit dans ses
refus une tendresse, une douceur
et une fermeté inexprimables, en le
suppliant de ne pas abuser de l'empire qu'il avait sur elle : ne soyez
pas courroucé contre moi, lui disait-
elle, je pourrais tout vous sacrifier,

je donnerais ma vie pour vous avec délice, mais non pas ma vertu et la vie de ma mère.

Cruelle fille ! n'as-tu pas mille vertus à opposer à cette ombre de vertu dont tu me parles ? la compassion, la fidélité, la constance ne sont-elles pas aussi des vertus ? Si tu l'exiges, nous cacherons notre liaison à ta mère, elle ne pourra pas même la soupçonner, tu resteras chez elle, je te verrai plus rarement, mais au moins nous ne serons pas séparés tout-à-fait.

—Ma mère a toujours lu dans mon cœur et su toutes mes pensées, comment pourrais-je lui cacher celles qui m'occuperaient sans cesse, mon amour et mes remords ?

—Eh bien ! Rose, je veux les

calmer. Seras-tu contente d'un mariage secret? Toi seule et tes parens
vous saurez que tu es ma femme.

—Et cela me suffira, s'écria-t-
elle : que le monde pense de moi
ce qu'il voudra ; pourvu que mon
Adelstan et mes parens sachent que
je suis innocente, je serai heureuse.
Adelstan, tu as vaincu ; je suis à
toi, lui dit-elle en lui tendant la
main ; mon ami, mon amant, mon
époux adoré, reçois les sermens de
ton heureuse Rose ; je ne réserve
que le consentement de ma mère,
et demain j'irai le lui demander.

—Je t'accompagnerai, Rose, je
veux aussi parler à ta mère.

Elle s'y opposa absolument. Vous
ne pouvez lui parler, lui dit-elle,
que vous ne soyez libre de tout

engagement ; alors venez demander
l'heureuse Rose à son père.

Adelstan éperdu d'amour et de
joie se jeta à ses pieds, dans ses bras,
lui jura mille fois tendresse et fidélité éternelle. Rose répondait de
même, lorsqu'ils aperçurent à l'entrée
du jardin le valet-de-chambre du
Baron qui le cherchait ; ce dernier
l'appela, et il apprit de lui que le
grand maréchal d'Elmenhorst venait
d'arriver au château, et désirait le
voir le plus tôt possible, ne pouvant
s'arrêter long-tems. Va lui dire que
que je te suis, dit Adelstan en le
renvoyant. Un effroi mortel s'empara
de Rose. O Dieu ! lui dit-elle, il
vient vous chercher, vous ne pourrez
lui résister, et vous êtes perdu
pour moi.

—Rien au monde ne peut plus nous séparer, s'écria Adelstan ; je regarde au contraire l'arrivée du grand maréchal comme un bonheur ; elle hâte le moment de ma délivrance, le moment où je pourrai te dire que je ne suis plus qu'à toi seule. Il la conjura de le recevoir encore une fois après le départ de M. d'Elmenhorst, et se hâta d'aller le joindre.

Le grand maréchal vint avec amitié à la rencontre de son futur gendre ; mais il lui dit en l'abordant que sa femme et sa fille étaient très-fâchées contre lui, et blessées au vif de n'avoir point encore eu sa visite. Vous connaissez, lui dit-il, les idées chimériques et romanesques de Mme d'Elmenhorst ; elle s'y est abandonnée plus que jamais

dans sa retraite ; elle s'imagine que,
pour qu'un mariage soit heureux,
il doit être fondé sur un amour
passionné ; elle soutient que puisque
vous et Natalie ne vous aimez point,
votre union projetée doit être rom-
pue ; elle a voulu l'exiger de moi,
mais je ne l'ai pas écoutée : passez-lui
ses rêveries et fiez-vous à moi. Il
faut que je parte à l'instant avec le
prince qui fait un voyage, il m'a
permis de m'écarter un peu de la
route pour voir mon futur gendre ;
je voulais, baron, vous donner en
passant cet avis. Partez demain pour
Elmenhorst ; apaisez l'orage, jouez
le sentimental avec la maman, faites
la cour à ma petite Natalie ; elle
est d'honneur assez jolie pour que
votre rôle ne soit pas difficile ; tout

s'arrangera au mieux à mon retour, si vous savez flatter la ridicule manie de ma femme.

—Elle n'est point ridicule , M. le maréchal, répondit Adelstan avec un air sérieux ; Mme d'Elmenhorst a bien raison, un hymen sans amour ne saurait être heureux; j'en suis parfaitement convaincu ; je pense donc comme elle qu'il vaut mieux que je me retire ; Mlle Natalie, qui peut prétendre avec justice à être aimée ne doit pas être malheureuse avec moi.

Que diable me chantes-tu là , lui dit le maréchal qui crut l'avoir offensé ? Je crois entendre ma sentimentale épouse. Nous savons toi et moi que la liberté réciproque en mariage rend plus heureux que

l'amour ; qui te parle d'en avoir
pour Natalie ? je te demande seulement de le laisser croire à sa
mère jusqu'après la noce. Je veux
bien que tu la rendes heureuse, ma
petite Natalie, mais non pas à la
manière de Mme d'Elmenhorst. On
aime sa femme, on est poli, com-
plaisant, généreux ; on ne la gêne
point ; mais on n'en est pas amoureux ; cela n'est pas dans la nature.
Je sais cela, moi. Mme d'Elmenhorst
était belle, aimable, je l'aurais adorée
si elle eût été la femme d'un autre ;
voilà ce que jamais je n'ai pu lui
faire comprendre. A présent que
toutes ses prétentions d'amour conjugal portent sur sa fille, c'est à
toi de lui faire entendre raison ;
mais commence par la tromper. Que

diable! à ton âge est-il si difficile de
feindre de l'amour pour une beauté
de dix-sept ans? Tu l'as feint plus
de cent fois en ta vie; tâche d'oublier que tu dois l'épouser.

Adelstan essaya inutilement de
l'interrompre; le maréchal semblait
avoir pris à tâche de ne pas lui laisser
dire un mot. Oh! comme à présent
le jeune homme corrigé par l'a-
mour avait horreur de ces principes
relâchés, de cette légèreté coupable
qui sape tous les fondemens de la
morale, et fait du plus doux, du
plus fort des liens, un arrangement
de convenance soumis aux caprices
de la mode! il rougissait intérieure-
ment d'avoir donné une fois dans
le même travers, et se promettait
bien de l'expier auprès de sa Rose

chérie; mais il sentit qu'un courtisan
vieilli dans de tels principes, et chez
qui ils étaient devenus une seconde
nature, ne voudrait ni l'entendre,
ni le comprendre, et qu'il était
inutile et même dangereux de lui
confier son secret. Il résolut donc
d'écrire le lendemain à Mme. d'Elmenhorst, de lui avouer, sans
nommer l'objet de son amour, que
son cœur était engagé, et qu'il ne
pouvait plus l'offrir à Natalie; il était
bien sûr qu'elle lui rendrait sa liberté.
Il laissa donc repartir le maréchal,
qui ne cessa de lui répéter d'aller
faire sa paix à Elmenhorst, qu'un
joli garçon comme lui, persuadait
tout ce qu'il voulait aux femmes,
et qu'à son retour il lui donnait sa
parole de conclure son mariage.

A peine Adelstan l'eut-il accompagné jusqu'à sa voiture, qu'il se hâta de retourner au jardin où il espérait trouver encore sa Rose; mais elle n'y était plus; Lise lui dit qu'elle était dans sa chambre occupée à empaqueter ses effets. Il n'osa pas y entrer; mais il pria Lise d'aller lui dire qu'il était là. Au bout d'un moment elle descendit; il vit à ses yeux qu'elle avait pleuré; elle s'avançait avec embarras : Sois tranquille, chère enfant; lui dit-il, le maréchal est reparti; je ne suis pas libre encore, mais demain M^e. d'Elmenhorst saura par moi que je ne ferai pas le bonheur de sa fille, que je ne puis l'aimer. — Et la meilleure des mères aussi, dit Rose en rougissant, saura demain par moi

que le généreux Adelstan veut faire
le bonheur de sa fille. Oh! mon Adelstan, dit-elle avec une dignité qui
l'élevait audessus de sa condition,
vous me rendez la plus fortunée des
femmes! Je devrais peut-être refuser un aussi grand sacrifice, mais je
n'en ai pas la force; et je sens là,
dit-elle en mettant la main sur son
cœur, que je puis aussi faire votre
bonheur; je le ferai; je veux que
mon Adelstan bénisse toute sa vie
le jour qui l'unira à sa Rose. Adelstan
la regardait avec admiration; elle
lui paraissait un être surnaturel;
son amour, aussi vif qu'il était
innocent et pur, semblait avoir élevé
son ame. En général, cette jeune
fille était fort au-dessus de son état;
ni sa cousine Lise, ni aucune de

leurs compagnes ne pouvaient lui être comparées; avec une éducation soignée, elle aurait même été supérieure à la plupart des femmes; la nature l'avait douée d'une aptitude extraordinaire pour saisir avec promptitude, même les idées qui auraient dû lui être les plus étrangères; elle jugeait sainement de tout, montrait du tact, s'exprimait avec délicatesse. A la grande surprise d'Adelstan, son esprit lui parut même plus cultivé qu'il n'aurait pu l'imaginer; elle avait quelque teinture des sciences qu'on apprend aux jeunes demoiselles; lorsque le Baron lui en témoignait son étonnement, elle lui répondait que sa mère ayant été nourrice de la fille d'un seigneur qu'elle lui nomma, elle allait souvent

au château d'Oberstein, comme sœur
de lait de la jeune Comtesse ; elle
assistait quelquefois à ses leçons, et
lisait quelques-uns de ses livres
d'étude. C'est ainsi, disait-elle en
rougissant, que j'ai appris quelque
chose ; à présent combien je regrette
de n'avoir pas plus d'instruction !
mais vous serez mon maître, mes
progrès seront rapides ; je veux
tâcher, autant qu'il dépend de
moi, de me rendre digne du sort
que vous me destinez.

Le moment de se séparer arriva ;
Rose voulait donner à sa tante malade cette dernière soirée ; elle
s'arracha d'auprès d'Adelstan, et ce
fut avec beaucoup de peine qu'elle
obtint de lui qu'il la laisserait partir
seule. Natalie ne vous a pas encore

rendu votre parole, lui dit-elle ;
je n'ai pas encore le consentement
de mes parens pour me donner à
vous, et jusqu'à ce que ces deux
conditions soient remplies, il vaut
mieux que nous soyons séparés. Il
faut aussi, mon cher Adelstan, vous
laisser le tems de réfléchir loin de
moi aux sacrifices que vous voulez
me faire ; peut-être, lui dit-elle en
retenant avec effort ses larmes,
peut-être que lorsque vous ne verrez
plus la pauvre Rose, vous penserez à
ce qu'elle est, à ce que vous êtes, au
tort que vous allez vous faire à vous
même, en vous unissant avec elle.
Adelstan, si jamais le repentir et les
regrets venaient se placer entre nous,
oh ! tu retrouverais bientôt ta liberté ;
Rose mourrait désespérée. Au nom

du ciel, pour vous, pour moi-même, réfléchissez encore si vous m'aimez assez pour surmonter tous les obstacles et tout ce qui nous sépare.

Il la rassura de la manière la plus tendre et la plus positive ; il sentait bien cependant qu'il fallait du courage pour braver à ce point tous les préjugés du monde, mais il le trouvait dans son amour et dans celui de Rose. Son projet actuel était de l'épouser dès qu'il serait libre de ses engagemens, de partir d'abord après avec elle pour quelque pays éloigné, d'y passer quelques années, de s'expatrier même entièrement s'il le fallait ; mais il se flattait encore que, même dans sa patrie, le mérite et les grâces de

Tome III.　　　　　　11

Rose lui feraient pardonner sa naissance.

Ils se séparèrent avec peine, mais sûrs l'un de l'autre; ils convinrent que Rose lui écrirait et lui enverrait ses lettres par son jeune frère, qui l'aimait tendrement, et qui ferait tout pour elle; ils se feraient part mutuellement, elle de la réponse de ses parens, et lui de celle de Mme. d'Elmenhorst; et quand tout serait décidé, Augustin, le frère de Rose, viendrait le chercher : et alors, lui dit-elle avec tendresse, nous nous réunirons pour ne plus nous quitter qu'à la mort. Il scella sur ses lèvres cette douce promesse.

Le lendemain, de grand matin Adelstan courut chez les Bolman, espérant la trouver encore; mais

Rose était partie il y avait plus d'une heure, avec son oncle qui l'accompagnait. Lise pleurait son amie, et le baron s'affligea avec elle; elle lui dit qu'avant de partir Rose était encore allée prier sous son arbre favori. Il voulut y aller aussi penser à elle et prier pour le succès de leur projet. La première chose qu'il vit en arrivant, fut un charmant petit bouquet attaché à une branche qui se courbait sur le banc; il le prit; c'était une rose artificielle qui ornait le chapeau de sa Rose et qu'il lui avait souvent demandée, comme son portrait, lui disait-il. Elle y avait joint une branche de la jolie fleur qui porte dans toutes les langues un nom de souvenir, et qui est connue en français par celui de *ne m'oubliez pas.* Sur un petit papier était écrit;

Rose, sans doute, est peu de chose,
Mais, Adelstan, Rose est à toi.
Riche de ton cœur, de ta foi,
Qui peut se comparer à Rose.

Ce quatrain était bien mauvais ; mais Rose, mais la fille du meunier des Roches devait-elle savoir même ce que c'était que rimer ? Adelstan qui passait pour un connaisseur en poésie, à qui on adressait des odes, des épîtres, qui faisait lui-même des vers qu'on élevait aux nues, le difficile Adelstan trouva ceux de Rose charmans. Il emporta son trésor, et, de retour chez lui, son premier soin fut d'écrire à Mme d'Elmenhorst; il lui disait : « Qu'il

» se croyait indigne de la main de
» Natalie, ne pouvant lui offrir un
» cœur auquel elle aurait eu tous
» les droits de prétendre, mais qui
» n'était plus libre. Il approuvait
» entièrement les sentimens et les
» vœux d'une mère qui voulait que
» le mariage fût fondé sur un amour
» réciproque, etc., etc. »

Dès que cette lettre fut partie,
il se sentit plus tranquille : quelquefois il avait eu la crainte que Rose
ne se fût éloignée de lui pour jamais; il
ne doutait pas de son amour, mais il
était aussi convaincu de sa générosité;
il lui faisait, il est vrai, de grands
sacrifices, et elle avait paru le sentir.
Peut-être que ne se sentant pas la
force de résister à ce qu'il lui offrait,
elle avait pris le parti de le quitter

et de se soustraire ainsi à son amour
et à la preuve qu'il voulait lui en
donner. A présent la rupture de
son mariage avec la fille du grand
maréchal devait faire du bruit. Si
Rose avait effectivement voulu le
fuir pour ne pas mettre obstacle à
cette union, elle apprendrait que
son dévouement était inutile, et
récompenserait celui de son amant.

Quelques jours se passèrent dans
une alternative de crainte et d'espérance qui ne lui laissait pas un
instant de repos; il sentait toujours
plus que Rose seule pouvait le
rendre heureux; il était toujours
plus décidé de renoncer à tout
pour elle. Enfin on vint lui dire
qu'un jeune paysan demandait à
lui parler en particulier. Il fut

introduit ; c'était le frère de Rose, un très-beau jeune homme, mais qui n'avait pas les grâces ni l'esprit de sa sœur. Il était porteur d'une lettre d'elle. Adelstan se hâta de la lire, après l'avoir pressée contre ses lèvres.

« Mon cher Adelstan, lui disait-
» elle, votre Rose compte tous
» les momens qu'elle passe loin de
» vous ; elle vous attend avec un
» cœur plein d'impatience et d'a-
» mour, et cependant elle ose vous
» conjurer au nom de cet éternel
» amour de différer encore l'instant
» si désiré de notre réunion. J'ai
» tout confié à ma mère, elle est
» heureuse de mon bonheur et de
» mes espérances, mais effrayée
» ainsi que moi de tous les sacri-

» fices que vous voulez faire à l'a-
» mour. Elle connaît cette Natalie
» que vous dédaignez ; elle sait
» combien elle l'emporte à tous
» égards sur sa pauvre Rose, au
» moins autant, dit-elle, par ses
» avantages personnels, que par
» ceux de la naissance et de la for-
» tune : mais si j'ai celui d'être
» aimée d'Adelstan, ah ! je n'ai
» rien à lui envier. Ma mère con-
» vient de ce que vous m'avez dit
» si souvent de ma ressemblance
» avec Mlle. d'Elmenhorst, autant
» du moins qu'une paysanne bien
» brune, bien hâlée, peut ressem-
» bler à une belle dame au teint
» de lis.... Adelstan, si Rose était
» assez malheureuse pour que sa
» figure seule eût décidé votre pen-

» chant , si vous n'aimiez que ses
» traits, vous les retrouverez chez
» Natalie, embellis par le charme
» de son éducation, de ses talens,
» de ses connaissances. Peut-être
» que Natalie aimée de vous, aurait
» aussi pour vous le cœur de Rose.
» Adelstan, vous vous devez à vous-
» même, vous me devez à moi
» d'en faire au moins l'épreuve ;
» j'ose exiger de vous de me ras-
» surer sur la force et la vérité de
» votre attachement, il y va de ma
» vie ; le moindre regret après
» notre union serait pour moi le
» coup de la mort. A présent, si
» je vous sais heureux, je pourrai
» vivre encore de mes souvenirs et
» de votre bonheur. Je vous de-
» mande donc, avec instance, d'aller

» vous-même à Elmenhorst, de
» passer quelque tems avec Natalie,
» sans que rien autre chose que
» ses traits vous rappelle Rose : je
» mets cette seule condition à mon
» consentement. Si vous revenez à
» moi, ah ! combien alors je serai
» heureuse et rassurée ! si Natalie
» l'emporte, je n'aurai perdu qu'une
» illusion, qu'une chimère, et le
» bonheur d'Adelstan sera ma con-
» solation.

« Partez donc pour Elmenhorst;
» c'est en vain que vous voudriez
» vous rapprocher de moi avant
» que d'y aller, vous ne me trou-
» verez pas chez mes parens : je vous
» crains, je me crains moi-même,
» et je m'ôte en m'éloignant le
» danger de vous revoir. Adieu,

» cher Adelstan, adieu pour jamais,
» ou pour ne plus nous quitter qu'à
» la mort. Quoi qu'il arrive, je suis
» et serai toujours votre fidèle *Rose*
» *des Roches.* »

A peine Adelstan put-il achever
cette lettre. Où est-elle ? s'écrie-
t-il vivement en se rapprochant du
jeune homme ; où est Rose, où
est ta sœur ? je veux savoir où
elle est.

Eh mon Dieu ! monsieur, il ne
faut pas se fâcher pour cela. Ma
mère et ma sœur sont allées hier
au château d'Oberstein, chez la baronne où ma mère a été nourrice ;
elles sont toujours reçues là comme
les enfans de la maison, et moi de
même, quoique ce ne soit pas moi
qui sois le frère de lait ; c'est ma

sœur Rose, aussi elle aime bien à y
être.

— Tu pourras donc m'y conduire?

— Comme j'y conduisis hier ma
mère et ma sœur; mais vous ne leur
direz pas, je vous en prie, que c'est
moi qui vous ai dit qu'elles étaient
là, elles me l'avaient défendu.

Adelstan aurait souri de la naïveté d'Augustin s'il avait pu penser
à autre chose qu'à la lettre de Rose,
à ce qu'elle exigeait de lui : lors
même que la lettre qu'il a écrite à
Elmenhorst ne lui ôterait pas la
possibilité de lui obéir, qu'irait-il
faire près de Natalie ? Il est bien
sûr que lors même que Natalie
serait la parfaite image de Rose,
et cent fois plus belle encore, elle
ne l'emporterait pas sur celle qu'il

aime uniquement, et sans laquelle
il ne peut vivre. Son parti est pris,
il ira la chercher à Oberstein, il
engagera la noble protectrice de son
amie, la baronne d'Oberstein, à
sanctionner leur union, et dès qu'elle
sera formée, il partira avec son
épouse pour la Suisse, où il veut
passer nombre d'années, et peut-
être la vie entière, époux, amant
de Rose, et ne regrettant aucune
des jouissances d'un monde frivole
qu'il encensa trop long-tems, et qui
ne l'a pas rendu heureux.

Il se hâte de faire les préparatifs
d'une très-longue absence, dont il
prévient son intendant, en lui re-
mettant des pouvoirs pour gérer
ses biens, et lui faire passer
ses fonds dans le pays qu'il veut

habiter ; il ramasse tout l'argent qu'il peut se procurer, et fixe son départ au lendemain.

Le soir même le courier qu'il avait envoyé à Elmenhorst revint avec la réponse, et voici ce qu'elle contenait.

« Je vous remercie, M. le baron,
» de votre franchise, elle ne m'a
» pas surprise; une mère se trompe
» rarement sur l'impression que
» produit sa fille, et je n'avais pas
» remarqué que ma Natalie en eût
» fait aucune sur vous. D'après l'aveu
» que vous me faites, je désire
» plus que vous peut-être la rup-
» ture d'un lien qui n'aurait fait
» votre bonheur ni à l'un ni à l'autre;
» mais je ne suis pas seule maîtresse
» de ma fille, son père est absent.

» J'ai reçu hier une lettre de lui, par
» la quelle il *m'ordonne* de vous in-
» viter à venir à Elmenhorst; il craint
» que, d'après ce qu'il vous a dit
» de mon courroux, vous ne vouliez
» pas y venir de vous-même, et ne
» se doute pas, ce me semble, que
» que c'est votre cœur qui vous
» en éloigne. Je désire suivre les
» ordres de M. d'Elmenhorst, et
» n'avoir pas la responsabilité d'une
» rupture qui l'affligera. Venez donc,
» non plus comme époux de ma
» Natalie, mais comme un ami avec
» qui nous concerterons les moyens
» de retrouver notre liberté réci-
» proque.

» Votre confiance, Monsieur,
» mérite toute la mienne. Je ne
» veux point vous cacher que ma

» fille, ne voyant point l'époux qu'on
» lui destinait et n'en étant point
» aimée, a trouvé, de son côté,
» un cœur qui sait apprécier le
» le don du sien, et qui a mon
» entière approbation; c'est vous
» dire que vous pouvez venir sans
» aucune crainte auprès de deux
» amies; à qui votre lettre a rendu
» le bonheur. J'allais vous expédier
» un messager lorsque le vôtre est
» arrivé; vous le suivrez de près,
» j'espère. Mon époux me mande
» qu'il est en route pour revenir,
» et je désire qu'il vous trouve
» établi à Elmenhorst.

V. T. L. S. D'Elmenhorst. »

Adelstan est soulagé d'un poids énorme, rien ne s'oppose plus à son bonheur; il fait en même tems celui de Natalie, et la délicatesse de Rose sera satisfaite. Il ira à Elmenhorst; il le doit à celle qui le lui demande comme à un ami, mais il y ira époux de Rose; le grand maréchal n'aura plus rien à dire, et donnera sans doute à sa fille l'époux choisi par son cœur et par sa mère. Il ne prévoit aucun obstacle, et voudrait pouvoir donner des ailes aux chevaux qui le mènent à Oberstein. Augustin est avec lui dans la chaise de poste, il le regarde déjà comme un frère, il le fait causer sur Rose, et s'enchante d'entendre son éloge naïf et sincère dicté par l'amour fraternel. Oberstein

est à trois journées de Forstheim ;
il faut s'arrêter en route pour changer
de chevaux ; les aubergistes connaissent Augustin et sa famille.
L'hôtesse lui demande des nouvelles
de Mlle Rose ; et là encore il en
entend parler selon son cœur : C'est
la plus belle et la plus aimable fille
de nos villages, disaient à l'envi
l'aubergiste et sa femme, et sage,
et savante comme une fille de baron ;
mais c'est que Mlle d'Oberstein la
regarde vraiment comme une sœur ;
et lui montre tout ce qu'elle sait.
Avec tout cela Rose n'est ni fière
ni coquette ; heureux le mari qu'elle
aura ! elle mériterait un prince. Augustin rougit de plaisir d'entendre
ainsi vanter sa sœur bien-aimée, et
l'heureux Adelstan est sur le point

dē dire : c'est moi qui posséderai
ce trésor ; mais il se retient et presse
le départ, après avoir payé libéra-
lement l'éloge de sa Rose.

On devait passer aussi au moulin
des Roches, Augustin propose un
détour pour n'être pas vu de son
père. Non, dit Adelstan, je veux
voir le père de Rose, le mien ; je
veux lui demander moi-même sa
fille, je veux visiter le lieu de la
naissance de Rose. Et il ordonne
au postillon d'aller au moulin. Il y
arrive, descend avec Augustin, qui
va l'annoncer à son père. Le bon
meunier vient lentement, on voit
qu'il est embarrassé en présence du
jeune baron, il n'ose s'avancer.
Adelstan court au-devant de lui, le
nomme son père ; lui demande la

main de sa fille, lui promet de la rendre la plus heureuse des femmes, comme elle est la plus aimée.

Je n'en doute pas, M. le baron, dit le vieillard avec émotion, mais ma fille n'est pas faite pour tant d'honneur. — Votre charmante fille peut prétendre à tout; elle m'a donné son cœur; elle possède le le mien tout entier, et je vous demande sa main.

Le vieillard sourit et secoue la tête : Vous faites là une folie, M. le baron, Dieu veuille que vous ne vous en repentiez pas. Rose est une bonne enfant, mais elle n'était pas faite pour vous, et j'aurais mieux aimé la garder près de moi avec un mari de sa sorte, que de l'envoyer courir le monde avec un grand seigneur;

quand même vous l'épouseriez, on
en causera, et le ciel sait si jamais
je reverrai ma Rose. Enfin elle le
veut, sa mère le veut, *et ce que
les femmes veulent est bien voulu* ;
les mères sont maîtresses de leurs
filles. Si c'était mon Augustin qu'on
voulût m'emmener, ce serait bien
autre chose, et je n'y consentirais
jamais ; mais Rose est déjà à moitié
dame, elle ne vaut plus rien pour
le moulin ; prenez-la donc puisque
vous la voulez, mais je veux la
revoir encore une fois pour lui donner
ma bénédiction.

Mon père, je vous l'amenerai
moi-même, dit Adelstan avec tendresse et respect, et vous bénirez
vos enfans. Le bon vieillard, touché
jusqu'aux larmes, embrassa son noble

gendre, et prit son fils en particulier
pour lui parler de ce qu'il devait dire
de sa part à sa femme et à sa fille. Les
deux voyageurs se remirent en route.
L'élégant, le fier Adelstan, pour
qui la fille unique du grand maréchal de la cour, était à peine un
assez bon parti, vient de donner le
titre de père à un meunier, et n'é-
prouve ni honte ni regret; celui
qui donna la vie à Rose est pour
lui l'homme le plus respectable. Quel
magicien puissant que l'amour !
il en a fait un autre être, il lui
a créé une ame nouvelle, et l'a-
mant de Rose ne ressemble en rien
au fiancé de Natalie d'Elmenhorst.

A la nuit tombante Adelstan en-
trevoit des tourelles qui se dessi-
naient dans l'ombre au-devant de

lui. Est-ce Oberstein ? dit-il à Augustin.

Pardi ; que serait-ce donc ? lui répond le jeune homme, votre cœur ne vous dit-il pas que c'est là que vous trouverez Rose ? mais nous n'y sommes pas encore ; prenez patience. Ils entrèrent, en effet, dans un bois épais, qui précédait le château, et la nuit devint si sombre, qu'à peine pouvait-on voir la route.

Enfin nous y voilà bientôt, dit Augustin en apercevant des lumières dans le lointain. Ayant ensuite tourné un coin de bois, ils se trouvèrent dans une allée à perte de vue, servant d'avenue à un pavillon élégant, et illuminé d'un bout à l'autre avec des lampions cachés dans le feuil-

lage, qui faisaient un effet vraiment
magique : la façade du pavillon était
également resplendissante de lu-
mière; les arbres étaient garnis de
guirlandes, et des caisses d'orangers
en fleurs répandaient un parfum
délicieux.

Où suis-je? s'écria Adelstan; les
contes de fées qui l'amusaient dans
sa jeunesse se trouvaient réalisés,
il se crut dans un bois enchanté.
Le postillon sonna de son cor; à
peine eut-il ainsi donné le signal
de leur arrivée, que d'autres cors
et instrumens à vent se firent entendre de plusieurs côtés. Le Baron
surpris, ravi, ne sachant ce qu'il
devait penser, continua sa route au
milieu de tout cet enchantement;
mille idées différentes se croisaient

dans sa tête, il ne savait à laquelle s'arrêter : peut-être, dit-il à Augustin, que Mme. d'Oberstein marie aujourd'hui sa fille ; en sais-tu quelque chose ? tu es du secret sans doute, dis moi ce qui en est.

Vous avez tout droit deviné, M. le Baron, dit Augustin, je parie que c'est cela même, et que nous allons à la noce. Elle est jolie au moins la sœur de lait de Rose, et cela fera une belle épouse.

Adelstan n'avait plus que quelques pas à faire pour être éclairci, mais il éprouvait une émotion involontaire qui l'empêchait d'avancer. Sans doute que tous ces préparatifs brillans ne peuvent le regarder; ce n'est pas ainsi que doit être célébré son mariage avec la fille du meunier des

Tome III.   12

Roches ; mais l'idée de revoir Rose
au milieu d'une fête et d'une foule
d'étrangers lui est insupportable, il
se repent d'être venu : il allait pro-
poser à Augustin ou de rebrousser
chemin, ou d'aller chercher sa sœur,
mais ils étaient arrivés près du pavillon. La chaise s'arrête, Augustin
descend, Adelstan aussi ; au moment
même une grande porte à deux
battans s'ouvre, il en voit sortir deux
femmes se tenant embrassées dans
la même attitude et presque dans
le même costume de Lise et de
Rose le jour de son arrivée à Forstheim ; elles balançaient aussi une
guirlande de fleurs ; elles étaient
habillées en nymphes, mais un voile
blanc de mousseline épaisse descendait avec grâce de leur tête sur leurs

épaules, et cachait absolument leurs traits. L'une d'elle était sa Rose, il ne pouvait s'y méprendre, c'était cette belle taille, cette tournure élégante et noble, et c'est sa voix mélodieuse qui lui chante le même couplet que Rose lui chanta; mais au nom de Natalie il l'arrête; et la serre avec ardeur dans ses bras, malgré la présence de sa compagne voilée, qui sans doute était Mlle d'Oberstein : mais Adelstan ne voulait plus de mystère. Ne me parle plus de Natalie, s'écria-t-il, il n'y a pour moi dans le monde que Rose, et seulement Rose. Tu m'attendais, fille chérie, ton cœur t'a dit que je n'obéirais pas à ton ordre cruel; ta tendresse ingénieuse a voulu me retracer l'heureux moment où je te

vis pour la première fois. Mais
pourquoi nommer encore Natalie ?
j'en fais le serment, je ne la verrai
que lorsque j'aurai reçu cette main
devant l'autel ; et il la pressait contre
son cœur. Mais pourquoi ce voile ?
Pourquoi me cacher tes traits ado-
rés ? Et il voulait le lever. Elle le
retint et lui dit avec une voix douce
et tremblante : Adelstan, tu viens
de jurer que tu ne voulais pas voir
Natalie.... et je te l'avais demandé....
A présent, avant de lever ce voile,
je te demande de me pardonner.—
Te pardonner, Rose ! au nom du
ciel qu'ai-je à te pardonner ?—D'être
Natalie d'Elmenhorst, dit-elle en
rejetant son voile, et tombant tremblante sur un siège.—Dieu ! que
vois-je ? qu'entends-je ? s'écriait le

Baron, est-ce un songe? est-ce une illusion? ô ma Rose! ô ma Natalie! Il voyait sa Rose, mais cent fois plus belle encore; au lieu des tresses noires qui entouraient sa tête, des boucles ondoyantes d'un beau blond cendré flottaient autour de son cou; son teint était d'une blancheur éblouissante, et ses grands yeux noirs en faisaient une beauté rare et vraiment accomplie. Adelstan était à ses pieds dans le ravissement, couvrait sa main de baisers et de larmes : Natalie, Rose, être charmant, être incompréhensible, s'écria-t-il, toi qui m'as donné une nouvelle vie en me faisant connaître l'amour, toi que j'adore doublement, c'est moi qui sollicite ton pardon; mais sans la coupable indifférence que

j'ai, trop expiée, saurais-je de quoi
ton cœur est capable ? Connaitrais-
je la force de ton attachement pour
l'heureux Adelstan ? Saurais-tu
à quel excès tu es aimée ? Grâces,
grâces soient rendues à l'amour qui
t'inspira cette métamorphose !

Remerciez aussi l'amour maternel,
dit l'autre femme en levant son voile.
C'était la meilleure des mères, c'était
celle de Natalie. Pardonnez à toutes
les deux , dit-elle, de vous avoir
trompé si long-tems; ma tendresse
pour Natalie est mon excuse. Dès
le moment que vous fûtes fiancé
à ma fille, je vis combien elle vous
était indifférente, et jamais je n'aurais
consenti à votre union, si elle ne
m'avait pas avoué que vous aviez
fait une vive impression sur son

cœur. Votre caractère m'intéressait
trop pour ne pas chercher les moyens
de vous connaître; il s'en présenta
un que je ne négligeai pas. La meu-
nière des Rochès est nourrice de
Natalie et mère d'Augustin, et d'une
aimable enfant, sœur de lait de ma
fille, que je vous présenterai comme
la véritable Rose; et qui nous a prêté
son nom quelque tems. Votre chantre
Bolman a épousé la sœur de la meu-
nière; il vint amener sa fille Lise chez
sa tante; j'eus occasion de le voir et
d'apprendre de lui bien des choses,
qui me donnèrent l'idée que j'ai
exécutée et qui m'a si bien réussi.
Tout fut concerté avec les bons
des Rochès, les Bolman et l'architecte
Edmond, que je connais depuis
long-tems, qui a dirigé ce pavillon,

qui l'a décoré aujourd'hui pour votre réception, et qui nous a été très-utile en excitant votre amour et votre jalousie. Je n'ai pas quitté un instant ma Natalie. Cette tante malade qu'elle soignait, c'était moi. Mme Bolman alla chez sa sœur au moulin pour me céder sa chambre; de ma fenêtre je plongeais même sur l'arbre favori de Rose, je pouvais vous voir ensemble et presque vous entendre, et avec quel délice j'ai vu naître et se fortifier cet amour qui fera votre bonheur ! Natalie conservera ses tresses noires, elle redeviendra Rose quand vous le voudrez; ma seule crainte était de ne pouvoir la déguiser assez bien pour qu'elle ne fût pas reconnue. Des souliers faits exprès l'ont grandie;

son costume villageois la changeait
aussi ; et lui donnait de l'embon-
point ; son teint devint facilement
plus brun et ses sourcils plus foncés.
Mais, hélas ! votre pauvre petite
fiancée vous était trop indifférente
pour que ses traits fussent bien gra-
vés dans votre souvenir ; le cœur
seul a de la mémoire, et le vôtre
ne vous la rappelait pas.

Comment ai-je pu être aussi aveugle
sur mon propre bonheur ? s'écria
Adelstan, comment dès le premier
instant mon cœur n'a-t-il pas appar-
tenu à cet ange qui devait me rendre
si heureux ?

— Parce que la mode, le bon
ton, la cour, et tout ce qui vous
entourait exerçaient son empire sur
votre imagination, mais heureuse-

ment n'ont pas corrompu votre jugement, et vous ont laissé un cœur pour sentir le prix de la simplicité et de la sensibilité. Comme Rose, ma Natalie n'était pas déguisée et se montrait à vous telle qu'elle est en effet, bonne, tendre, ingénue, sincère, une simple fleur des champs : puisque vous l'avez aimée ainsi, vous l'aimerez toujours, j'ose vous le promettre, et combien je vous sais de gré d'avoir démêlé son vrai mérite sans aucun entour qui pût vous éblouir ! Mon fils, mon ami, ni Natalie ni sa mère n'oublieront jamais ce que vous avez voulu faire pour Rose.

Adelstan les réunit toutes les deux dans ses bras : et moi, dit-il avec transport, puis-je oublier que

c'est pour l'heureux Adelstan que
Natalie a voulu être Rose? Il leur
raconta ensuite sa surprise en se
trouvant tout-à-coup au milieu de
cette illumination, de cette musique;
je me suis cru, dit-il, chez la reine
des fées, et je le crois encore,
j'ignore où je suis, je venais chercher
ma Rose chez la baronne d'Oberstein, et......

—Vous la trouvez à Elmenhorst
chez sa mère, il n'existe point d'autre
baronne d'Oberstein ; c'est un petit
fief dépendant de la baronnie d'Elmenhorst, et dont les paysans qui
m'aiment me donnent volontiers le
nom. Il fallait bien vous amener à
Elmenhorst par ruse, puisque, malgré
mes prières et les ordres de Rose,
vous ne vouliez pas y venir. Au-

gustin nous a servi avec intelli-
gence et fidélité.

Le Baron raconta ce qu'une aubergiste lui avait dit de Rose des
Roches.

Cette fois, répondit Mme. d'Elmenhorst, c'est le hasard qui nous
a servi; on vous a parlé de moi,
de ma fille, et de la véritable Rose,
que nous aimons beaucoup en effet
et qui vit souvent près de nous.

—Et le grand maréchal, était-il
du secret? demanda Adelstan; alors
il a bien joué son rôle, et rien ne
l'a trahi.

—Il ignorait tout, répondit Mme.
d'Elmenhorst. Le grand maréchal,
dit-elle en soupirant, a le malheur
de ne pas croire à l'amour; comme
il n'est point venu ici, il nous a été

facile de lui cacher nos projets et
notre absence. Il me fit part de son
voyage avec le prince; dans ma réponse je feignais un grand courroux
contre vous, sans me douter qu'il
viendrait vous en parler : Natalie
fut véritablement très-émue en ap-
prenant qu'il était si près de nous,
mais il fut loin de le soupçonner.
Je l'attends incessamment, il aura
le plaisir de nous trouver tous d'accord, et l'amour en dépit de lui
sera de la fête.

—Et pour la vie, dit Adelstan
en pressant contre lui sa Natalie.
Il remarqua alors que l'agraffe qui
retenait sa robe était le camée qu'il
lui donna le jour de la course : je
me doute à présent, lui dit-il,
pourquoi tu ne voulus pas être cou-

ronnée ; tu craignais que je ne m'a-
perçusse que tes belles tresses noires
ne tenaient pas à ta charmante tête.

— Et que je n'étais qu'une rose
artificielle, dit-elle en souriant. Il
sortit de son sein le bouquet qu'elle
avait attaché à l'arbre, et le pressa
de ses lèvres.

Edmond entra tenant par la main
une jeune personne d'une très-jolie
figure. Voilà la véritable Rose que
je vous présente, dit-il au baron ;
je ne vous trompais pas quand je
vous disais que j'aimais passionément
Rose des Roches ; je m'étais attaché
à elle quand je faisais ici bâtir ce
pavillon : la meilleure des protectrices
m'a promis sa main ; ses parens y
consentent, et c'est tout de bon
que je vous demande à présent de

me permettre d'épouser Rose et
d'être heureux le même jour que
vous. Le bonheur de ce couple
intéressant augmenta celui du Baron.

Ma *cousine* Lise, dit Natalie en
souriant, et *mon ami* Verner ont
aussi voulu nous attendre. On comprend que la bienfaisante marraine
qui avait doté Lise, était aussi Mme.
d'Elmenhorst.

Le beau jour qui devait faire tant
d'heureux ne tarda pas. Le grand
maréchal arriva, et fut charmé de
trouver son futur gendre à Elmenhorst, et sa femme et sa fille très-
contentes de lui. Tu as suivi mes
conseils, lui dit-il à l'oreille ; et tu as
bien fait. Tu joues ton rôle à merveille, on te jurerait amoureux fou,
et ma romanesque épouse doit être

satisfaite ; vas ainsi jusqu'après la noce, et je te promets de t'en garder le secret. Adelstan garda aussi le sien, son beau père ignora ce qui avait précédé son mariage, et l'attribuait à sa propre sagacité ; il eût été homme à se fâcher tout de bon que le baron d'Adelstan eût voulu sacrifier sa fille à celle du meunier des Roches, et qu'il se donnât le ridicule d'être amoureux de sa femme.

Il le fut toujours en dépit de la mode ; tantôt la brune et piquante Rose, tantôt la blonde et douce Natalie, et toujours la plus aimable des femmes, sut le fixer pour la vie.

Mme. d'Elmenhorst jouit du bonheur de ses enfans ; l'heureuse mère oublia qu'elle n'avait pas été heureuse épouse, et fut toujours plus convaincue qu'il n'y a point de bons mariages sans amour. A-t-elle tort ou raison ? La jeunesse et les romans disent comme elle, mais la sagesse et l'expérience disent souvent le contraire : elles prétendent que lorsque le thermomètre du cœur est à son plus haut degré de chaleur, il ne peut plus que descendre, et que sa chute est quelquefois rapide. Mais ce qu'on peut dire en faveur des mariages de passion, c'est qu'ils procurent un moment, du moins, de la plus parfaite félicité dont l'homme puisse jouir ici-bas, et que ce n'est pas la faute de l'amour si on ne sait pas le fixer.

Fin du troisième et dernier volume.

TABLE

Des Nouvelles contenues dans ce troisième volume.